CB020289

anotações durante o incêndio

Cíntia Moscovich

anotações durante o incêndio

EDITORA RECORD
RIO DE JANEIRO • SÃO PAULO
2006

CIP-Brasil. Catalogação-na-fonte
Sindicato Nacional dos Editores de Livros, RJ.

M867a

Moscovich, Cíntia, 1958-
Anotações durante o incêndio / Cíntia Moscovich. – Rio de Janeiro: Record, 2006.

ISBN 85-01-07577-9

1. Conto brasileiro. I. Título.

06-3731

CDD – 869.93
CDU – 821.134.3(81)-3

Capa: Tereza Yamashita

EDITORA RECORD LTDA.
Rua Argentina 171 – Rio de Janeiro, RJ – 20921-380 – Tel.: 2585-2000

Impresso no Brasil

ISBN 85-01-07577-9

PEDIDOS PELO REEMBOLSO POSTAL
Caixa Postal 23.052 – Rio de Janeiro, RJ – 20922-970

Para Luiz Paulo Faccioli, âncora e asas.

Why you? Why us for that matter? Why anything? Because this moment simply is. Have you ever seen bugs trapped in amber? (...) Well, here we are, trapped in the amber of this moment. There is no why.

....

All time is all time. It does not change. It does not lend itself to warnings or explanations. It simply is. Take it moment by moment, and you will find that we are all, as I've said before, bugs in amber.

Kurt Vonnegut

It could be worse, it could be raining.

Mel Brooks

Sumário

A FUMAÇA

Amor, corte e costura

Por acaso, só por acaso, Helena esquecera que havia mais coisas no mundo. Os alfinetes e agulhas postos na almofadinha de veludo bordô, linhas em finas garatujas de cores, a fita métrica enrolada sobre si mesma num canto da mesa, o dedal de borco, tudo em ordem, bastando-se na suficiência do mundo que se organizou. A tesoura em estalidos no pano de florezinhas miúdas, isso a única coisa que se mexia. A tesoura e a mão que a empunhava, mão segura e forte, de veias salientes e de juntas grossas. Percebeu-se por primeira vez, naquela tarde, olhando o movimento das lâminas e dos dedos que as guiavam. A estampa mimosa tremia timidamente aos claques da tesoura; como tremia, constatou, não sem certa surpresa e um pouco de desconcerto.

No auge da consciência, a campainha tocou, e era como se a arrancassem daquele lugar de ordenação própria e boa. Havia mais coisas no mundo, portanto, o acaso fora desfeito, e tinha de atender ao chamado. A tesoura, largou-a sobre o tecido, as hastes abertas, o brilho do metal em contraste com o florejado de muitas cores sobre o fundo escuro, quase negro. Caminhou sem pressa, arrastando as pantufas de lã, dando-se conta de que as coisas se podiam desorganizar de hora a outra, o perigo que vem desses equilíbrios delicados e eventuais. Abriu a porta.

A menina teria seis, sete anos, não mais do que isso. Parada, verdadeiramente parada, os pés nuns sapatinhos de fivela, carpins brancos e vestido com peitilho de renda barata. Vinha pela mão de uma senhora de cabelos fantasticamente louros e de boca vermelha, muito vermelha, feito uma boneca a que se exageram as feições. Das duas — da mulher, deu-se conta — manava um perfume quase asqueroso. A menina fitava a dona da casa com olhos vivazes; tinha um meio sorriso na boca. Helena sentiu uma breve zonzeira, muito breve, como uma ânsia que apenas se insinua. Foi a mulher de pintura escandalosa quem primeiro falou: viera por recomendação de uma amiga, queria fazer uma roupa para a enteada. A menina baixou o olhar, numa timidez repentina. Helena tentou dizer alguma coisa, não costurava para crianças, não mais, mas a voz se trancara, e logo o estrago já estava feito. Limitou-se, assim, a pedir que entrassem, cedendo passo, desviando o corpo num movimento lerdo e contrafeito.

Estiveram olhando figurinos — *L'enfant chic*, exemplar usadíssimo, em primeiro lugar — por um bom quarto de hora, o cheiro doce e ofensivo do perfume alcançando até o mais remoto canto da casa. A mulher folheava as revistas com os dedos de unhas vermelhas como a boca, buscando algum modelo, não sabia bem como, não sabia bem que cor, primeira comunhão da sobrinha, por que era tão difícil encontrar algo que servisse a uma criança? A menina, sentada no sofá ao lado da mulher, sem o mínimo interesse pela função, olhava ao redor, os pés pequeninos parados no ar. Helena, sentindo uma angústia antiga, teve vontade de sair dali, vontade que se tornou definitiva. Pediu licença, já voltava, gostariam de tomar alguma coisa? A mulher agradeceu, não, não queria; a menina, sem falar nada, limitou-se a amarfanhar entre os dedos a barra do vestido, puxando-a até a altura dos joelhos. Helena foi à cozinha e trouxe dois copos de suco, sem saber direito para quem se destinava a cortesia. A mulher, entretida com a escolha e em achar tudo muito desgracioso, declinou novamente do oferecimento. A menina pegou o copo com ambas as mãos, numa cautela treinada. Tomou o suco aos goles curtos, tudo, tudinho, e devolveu-o à bandeja, depondo-o sobre o guardanapo de crochê. Levantou-se, assim de inopino, tomando impulso no encosto do sofá. Deu uns dois passos e ficou ali, ao lado da madrasta, parada, verdadeiramente parada, os braços para trás do corpo, as mãos às costas. Helena colocou-se em alerta, um estado de atenção extraordinária, uma vertigem que lhe vinha da nuca ou das costas, não sabia precisar. A menina ali, acintosamente parada em sua beleza de infância, radiante, plena, completa, a louça da pele e os brilhantes dos olhos. A mulher não prestou maior atenção ao fato.

Mais um quarto de hora, e já uma aragem de fim de tarde bulia as cortinas, fazendo esvoaçar o voal branco. A menina, a essa altura, caminhava pela sala, mexericando nos bibelôs sobre as estantes. Helena não tinha mais interesse na mulher, concentrando-se, tensa e irrequieta, nos movimentos da pequena que, agora, ponta dos pés, tentava alcançar uma boneca de pano no alto das prateleiras. Antevendo a tragédia, a dona da casa adiantou-se e, numa agilidade que não era sua fazia anos, esticando-se toda, buscou o brinquedo, entregando-o à interessada, maternal e cuidadosamente. A mocinha agradeceu e sentou-se no sofá, a boneca sobre suas pernas. Helena aquietou-se na poltrona, porque algum equilíbrio se havia recomposto.

Finalmente a senhora fechou a *Burda* com um gesto decidido, suspirou dentro de alguma idéia silenciosa e, sem olhar outra coisa que não um vago ponto na parede, disse vem cá para a enteada. Obedecendo a ordem, a pequena largou a boneca com displicência, abandonando-a sobre o assento, postando-se em frente à madrasta. A mulher espetou o dedo no ar, o carmesim em voluteios, quero assim, dizia, desenhando o decote no peito de renda, redondo, a senhora entende? Helena concordou com a cabeça. A outra seguia na demonstração, a criança com os braços abertos ao lado do corpo, as mãos pendendo frouxas, deixava-se servir de manequim, dando uma lenta volta em torno de si mesma, permitindo que ali se desenhasse o vestido de mentirinha, o esmalte vermelho pulsando na vista cansada de Helena, mangas fofas, com um corte a cingir-lhe a cintura, arrematado por um tope atrás, apertava-lhe à altura dos rins, sacudia a criança, assim, bem aqui, assim, a senhora entende? Entendia, entendia, já fizera muitos naquele feitio, e tratou de recomendar um tafetá, não muito encorpado, nas Casas Safira deveria haver dos bons, as mangas de organdi e a fita da cintura em cetim, estava bem? Agora, a concórdia; o tecido seria trazido no dia seguinte, combinaram. Antes, porém, tinha de tirar as medidas, esperassem um pouco.

Helena apanhou a fita sobre a mesa depois de levantar-se com dificuldade. Colocou os óculos; parada, pôs as duas mãos sobre os ombros da freguesa, aproximando-a para si. Com sabedoria e com uma espécie de ressentimento, começou a medi-la: enlaçou a criança nos pontos em que devia enlaçar, os gestos um tanto bruscos, a menina girando, obediente, sobre o eixo do próprio corpo, uma boneca de movimentos gentis, graciosa, sempre graciosa. As medidas, anotou-as a lápis numa caderneta de folhas pardacentas.

Ao final, acompanhou-as até a porta, disse-lhes um breve até logo e voltou à mesa de trabalho. Quis continuar do ponto onde parara, mas sentia frio e as mãos se ressentiam. Dobrou a fazenda, guardou a tesoura, organizou retroses, dedal, agulhas e alfinetes e foi preparar a janta. O perfume da mulher, como uma ofensa, ainda pairava doce e enjoado na sala. A boneca de pano ficou, molenga e sem jeito, sentada no sofá.

No dia seguinte, logo cedo, lá vinha o tafetá em cor clara, celeste, e os atavios condizentes. A mulher tinha pressa, ficou parada no umbral, o perfume doce; limitou-se a perguntar quando seria a primeira prova. Helena respondeu que passado o dia seguinte, depois de amanhã, quinta, à tarde. A cliente respondeu que então estava certo, tudo combinadinho, e foi-se sacolejando pelo corredor. A costureira fechou a porta, deu duas voltas na chave, escorou-se contra a madeira e trouxe de encosto ao peito o pacote. Ficou ali por algum tempo, como quem espera que algo aconteça, algo que nunca chega a acontecer.

Aboletou-se à mesa e desenhou o molde num papel pardo, recortando-o logo a seguir. Abriu o tecido sobre a superfície de madeira e começou o claque-claque da tesoura, a fita métrica pendurada no pescoço, agulhas e alfinetes na almofadinha de veludo bordô, linhas em finas garatujas de cores, o dedal de borco, os apetrechos dispostos ao alcance da mão. Por acaso, o mundo se reordenava, ainda que periclitantemente, as lâminas vencendo em golpes certeiros o rebrilho da fazenda. A boneca de pano, desconhecendo o instante de frágil harmonia, continuava sentada no sofá.

Na quinta, às duas da tarde, ou por volta disso, a campainha deu sinal. A agulha voltou à almofadinha de veludo bordô, e Helena, abandonando o dedal sobre a mesa, caminhou sem pressa, arrastando as pantufas de lã. A mulher. A criança. O perfume adocicado, que agora percebia com mais asco. Fez com que entrassem, cedendo passo com o corpo num movimento lerdo e contrafeito. A menina, sob as ordens da madrasta, tirou os sapatos e o vestido. Helena percebeu-a em sua nudez cândida e acintosa, a barriga algo saliente, as pernas roliças, o torso de pele suave, os mamilos apenas manchas róseas no peito. Não quis pensar, nem era hora, mas novamente o mundo se desordenava, o equilíbrio das coisas apenas uma breve experiência já pretérita.

Com vagar — com amor — ajudou a menina a vestir a fazenda cortada, prendendo-a com alfinetes às costas. Fita métrica ao pescoço, era hora de ajustar o que tinha de ser ajustado. Ajoelhou-se diante da freguesa, ficavam assim da mesma altura, começaria pelo decote, melhor cortar no corpo, a tesoura desenhando a cava, claques escrupulosos rentes à pele muito branca e muito tenra, o tecido cedendo, partido em suas nuanças brilhosas, a carne surgindo, revelando-se lisa e sem ofensa. A mocinha mexia-se inquieta sem ouvir as reprimendas da madrasta; a costureira não dizia nada porque tinha ciência de que não havia volta atrás, por milímetros tudo estaria perdido, as perdas sempre desdobramentos sutis do reles e do minúsculo. Apenas os olhos da menina pareciam feitos de alguma matéria maleável, neles toda a substância do que se podia recompor. Sentia a respiração morna da criança, uma intimidade reforçada pelos dois rostos que se haviam posto muito próximos um do outro, inadvertidamente próximos, o estranho avizinhar-se de dois seres. Um mal-estar se impunha, devagar, mas abençoado.

Foi quando pareceu ouvir algo rompendo o instante mágico, o encanto se quebrando como um vidro que se estilhaça. Alçou a vista por cima dos ombros da pequena e foi encontrar o rosto de feições marcadas da mulher: está muito comprido, repetiu ela, articulando, com despudor, a boca rubra. Muito comprido, Helena concordou e, espichando um pouco o braço, deu de mão na almofadinha recoberta com veludo bordô. Pensou que a barra lhe sairia torta e, a duras penas, ergueu-se, abriu uma gaveta, pescando lá dentro a régua de madeira. Colocou-se novamente de joelhos e, com a ajuda daquele prumo, ia marcando a barra, a menina girando sobre si mesma, lenta, cheia de poses, trocando o pé de apoio, uma bailarina em cima de uma caixinha de música, lenta, sempre lenta.

Até que aconteceu: um dos alfinetes rascou a pele suave, abrindo uma trilha de vermelho tinto de mácula. A pequena gritou, afastando-se dentro do instinto, a mulher enervou-se, puxando para si a enteada, assentando-a no regaço, pobrezinha, pobrezinha, como isso foi acontecer?

Helena sentia a sala triturada pelas exclamações, as vozes perturbavam-lhe os sentidos, parecia ter caído numa armadilha. Não sabia o que se passava, somente guardara na retina a trilha de fino sangue tinto de mácula, tão fino e tão tinto que seus ouvidos retiniam. Não havia piedade, nem era caso de haver, se houvesse seria só por acaso. O mundo não mais se bastava, a ordem se havia rompido. Percebia-se, como se fosse por primeira vez, a cena do passado se recompondo, o barulho dos ferros em atrito, o griteiro e o bolo de gente que vinha de todos os cantos: a menina que tinha junto a si era um ser de pernas compridas e de rosto igual ao seu, apenas isso. Apertou-a com força, com o espanto do auge da consciência; as costelas delicadas da criança entre os braços, o choro de susto apagando-se, entre os dedos uma calidez úmida, viva e aterradora, as costelas cedendo, o tronco cedendo, o mundo cedendo, tudo se esboroando num conjunto desbeiçado e frouxo, os braços frouxos, as mãos frouxas, a pele de louça em mácula, as pedras dos olhos ocultas pelas pálpebras transparentes de tão brancas, o corpo molenga e sem jeito. Depois, o vácuo. Era como se nada mais houvesse, e nada mais havia de qualquer forma.

Assim, atravessando o amor e seu inferno, apagando-se a última flama, Helena levantou-se com tranqüilidade. Pegou a boneca de pano que ainda estava sentada sobre o sofá. Deu-a à menina, que, em meio a muxoxos ressentidos, fungando sempre, acomodou o brinquedo sobre as pernas, tentando ajeitar o tronco lasso e frouxo; alisava, como numa espécie de carinho doloroso, as tranças de lã presas por duas fitas muito gastas. O sentimento que teve Helena era quase doce, quase bom, mas muito triste; disse, sem ao menos se escutar, que voltassem no dia seguinte, o vestido estaria pronto. Tampouco se apercebeu de si quando falou que a pequena podia levar a boneca, era um presente que lhe fazia.

Depois de despachá-las, sentou-se à mesa: os alfinetes e agulhas postos na almofadinha de veludo bordô, linhas em finas garatujas de cores, a fita métrica enrolada sobre si mesma num canto da mesa, o dedal de borco, tudo em ordem, bastando-se na suficiência do mundo que se organizou, embora, e ela nunca mais esqueceria, houvesse mais coisas, aquelas que moravam no perigo desses equilíbrios delicados e eventuais.

O homem que voltou ao frio

Para Juhani Koistinen

O telegrama chegou pelas duas da tarde. Aterrorizei-me: anunciava que o remetente chegaria na quarta, às dez da manhã. E o que eu deveria fazer?

A mãe veio da rua cheia de sacolas. Não pude comentar a notícia e tranquei-me no quarto, não sem certa melancolia e receio. Quando o pai chegou em casa, vindo da loja, fui recebê-lo com dois grandes beijos — fato inédito para mim e para ele. Para ele, porque era módico nas demonstrações de afeto; para mim, porque me habituara com sua peculiar reserva. Largando o paletó no encosto de uma das cadeiras da copa, olhou-me com seu modo incisivo de desconfiança. Alguma coisa ia mal no colégio? Não, tudo bem no colégio, não era isso. Eu precisava de ajuda.

— Com o quê, Ethel? — me perguntou cheio de ainda mais desconfiança.

Mostrei-lhe o telegrama, constrangida e medrosa. Como era de se esperar, seu rosto transtornou-se barbaramente:

— Mas quem é esse sujeito?

"Esse" e "sujeito" eram expressões depreciativas; na boca de meu pai, tinham a força de insultos violentos. Respondi que se tratava de um amigo. A fisionomia dele tornou-se mais inquiridora e a pergunta era já um desafio: só um amigo? Falei que sim, havíamo-nos conhecido em Israel, ele era finlandês. O pai acabou de se apavorar:

— E?

As perguntas lacônicas, em se tratando de meu pai, sempre eram as mais perigosas: me dava a corda, eu que me enredasse sozinha. Tentei a explicação de que eu o convidara para passar uma temporada em nossa casa, havia falado só por falar, dessas banalidades que nem sempre significam o que querem dizer. Ele voltou à carga, áspero:

— E o que fazemos, senhorita, com um finlandês dentro de casa?

"Senhorita" era a senha não só da ironia, mas também, o mais terrível, de alguma cólera nascente. Tentei responder o melhor que pude, na tentativa de atenuar o absurdo que se anunciava: bem, levaria o rapaz para conhecer a cidade, os amigos, o colégio, essas coisas. O pai sentou-se no sofá da sala. O silêncio dele era um tormento, pior do que as estocadas maldosas, pior do que qualquer palavra que articulasse. Os reverberantes silêncios do pai. Passou a mão pela calva, os olhos escurecidos de fúria. Ah, a sagrada fúria.

— Pelo menos esse Edward — chamava-se assim — é judeu?

A pergunta era essencialmente risível. Ridícula. Podia ser que zombasse de mim, mas, em todo o caso, eu disse a verdade. Não, não era, apenas um daqueles voluntários que aceitam trabalhar num kibutz em troca de casa e comida. Omiti, claro, o fato de que Edward me falara algo a respeito de conversão para o judaísmo. O pai sentenciou:

— Pois vai ficar num hotel. Perto da loja, onde eu possa ver ele entrar e sair. — E levantando-se, como quem dá o caso por encerrado: — Não quero saber de pagar temporadas para estrangeiros. Fica no máximo uma semana. — Caminhou, passos pesados, para o quarto, procurando pela mãe.

Quis ir atrás, tentando uma barganha, uma semana era muito pouco. Mas continuar a mexer naquele vespeiro era uma sandice. No fundo, eu sabia o que o finlandês queria comigo. E desconfiava que uma semana não seria o bastante.

A mãe apareceu na sala, aterrada:

— Mas por que você não me contou antes?

E de que ia adiantar?

Podia ter se tratado de uma situação simples, um fato a contar e a esquecer. Mas acho que cometi a imprudência de parar um instante a mais do que deveria. Daí ter acontecido o que aconteceu, mais do que uma situação simples, mais do que um fato a contar e a esquecer.

Eu tentava me lembrar do que pudesse ter havido, na verdade, além da superfície dos fatos, para que aquela criatura viesse me procurar no Brasil. Eu passara dois meses num kibutz em Israel, participando desses programas que levam jovens judeus para colher laranjas e treinar o inglês e o hebraico. Apenas isso. Claro, eu, contrariando as ordens paternas, testara bem mais do que deveria: namorara três rapazes, nada de compromissos, apenas a sensação, vertiginosa, de ter dezessete anos e estar como desgarrada num país estrangeiro, aos beijos e abraços com homens que estavam ali de passagem.

Um voluntário novo — um finlandês esquisito, diziam — chegou ao kibutz quatro dias antes de eu ir embora. As apresentações de praxe aconteceram no refeitório, à beira do imenso bufê. Foi ele a tomar a iniciativa, estendendo-me a mão:

— Muito prazer, meu nome é Edward.

Eu, como estava ocupada tentando fisgar uma omelete para meu prato, não dei muita atenção. Retribuí o gesto com a mão livre, prazer, meu nome é Ethel.

— Ethel? — ele repetiu interessado.

Dei dois passos adiante; os arenques me pareciam sedutores. Comentei que era o nome de uma remota tia, que falecera bastante tempo antes de eu nascer, ele sabia como era, os judeus tinham aquele hábito de dar o nome de parentes mortos e amados aos filhos recém-nascidos. Ele, sem ainda se servir de nada, comentou que ouvira falar nesse costume, mas que não era judeu, uma pena. Eu articulei uma interjeição qualquer, pedi licença e fui para a mesa, onde o resto de minha turma já se atirava à comida.

Nos dias seguintes, percebi que, de longe, o estrangeiro me analisava. Mas só de longe, embora seus olhares fossem tão densos que pareciam me tocar. Lembro que ele se aproximou de mim na última daquelas noites em que nós, os voluntários, nos reuníamos na sala de jogos. Só então me dei conta de seu inglês lento, carregado nos erres, mas, de qualquer forma, inteligível. A voz era branda e de timbre suave. Ofereceu-me um suco e quis saber se podia sentar a meu lado. Aceitei o suco e a companhia. E por que não? Aceitei também o convite para uma partida de gamão. Sentamo-nos um na frente do outro, perto da lareira. Assim pude observá-lo melhor.

As mãos que rolavam os dados eram alongadas e frágeis, a pele muito alva, quase como a de um doente. Como só sabia seu nome, e ele pouco falasse, perguntei de onde vinha e o que fazia. Ele disse que trabalhara algum tempo como contador em uma fábrica de celulose nos arredores de Helsinque e que decidira vir a Israel para estudar. Interessei-me: estudar o quê?

— O Pentateuco — respondeu. E depois completou, filosófico: — Ali está a verdade.

Quis saber a que "verdade" se referia. Dessa vez a expressão revelava-se um pouco enfastiada, como se tivesse de me repetir o óbvio:

— A verdade de todas as coisas.

Bem, era simples, mas estranho. Ou era um ser com ricas indagações íntimas ou era um lunático — coisa e outra seguidamente se embaralham. No entanto, não tive como discordar, eu também acreditava na Lei e na Verdade da Torá. A única diferença era que eu nascera judia e como tal fora criada; ele, por seu turno, era protestante, e como tal, supostamente, tivera sua formação.

Foi quando ele sorriu. Edward sorriu e percebi que era feio — ainda mais feio quando sorria. Me enterneci com os olhos apertados atrás das lentes fotocromáticas, com a boca de lábios finos armada num ricto desairoso. Mas ele, desconhecendo meu juízo, confiava em mim, deixando-me ver sua feiúra, que decerto era sua parte mais inocente. Aceitei o que me dizia — continuou a falar das virtudes da religião mosaica — e desejei pôr fim ao assunto, sem tocar no fato, singelíssimo, de que ele não era um dos nossos; faltava-me a coragem de desiludi-lo. Quis bem ao rapaz naquele instante, um bem que me desacorçoava o coração e que, na época, era um sentimento que não entendia. Edward, decerto no entusiasmo por encontrar uma interlocutora, continuou com aquela conversa, comentando que queria converter-se. Achei disparatada a idéia, mas me ouvi estimulando-o — mesmo que, eu sabia, isso pudesse transformar-se numa dolorosa experiência. Além de anos de estudos, sabatinas diuturnas, era certo que, ao fim e ao cabo, ele teria de repetir o pacto ancestral de Abraão com o Senhor: seu prepúcio seria cortado. Não quis alertá-lo para o fato, que bem poderia demover a melhor das boas intenções. Talvez, inclusive, e muito certamente, ele já soubesse da gravidade de uma empreitada daquelas.

Quando o jogo terminou — difícil que, ainda hoje, alguém me vença no gamão — disse-lhe que devia ir embora, o vôo sairia de Tel Aviv à uma da tarde e teríamos de acordar muito cedo. Ele fez um muxoxo, como quem é contrariado. Pediu, sem jeito nenhum, meu endereço e telefone. Anotei rapidamente num papel e repeti o de praxe: quando ele estivesse no Brasil, podia passar uns dias em minha casa, questão só de um telefonema avisando da chegada. Seu rosto se iluminou, as faces se avermelharam e de novo sorriu. Para mim, foi difícil engolir em seco essa alegria que irresponsavelmente eu causara. Edward parecia um mendigo — feio — que agradecesse um prato de comida, sem perceber que lhe haviam dado carne estragada. Com sua crença na minha Lei, na minha frágil lei, estava atraído por mim. Quis, naquela hora, avisá-lo de que ele iniciara por amar o ruim. Mas deixei a sala de jogos sem dizer palavra. Já havia cometido a imprudência de parar um instante a mais do que deveria.

O avião que vinha de São Paulo chegara pontualmente às dez. Os passageiros já começavam a sair da sala de desembarque. Através da transparência dos vidros, logo pude ver Edward. Alto, louro, magro, pele branquíssima. Vestia um casaco de peles, exótico exagero, mesmo para os invernos do Sul. Mais parecia um gigantesco inseto, cujas asas peludas envolvessem o corpo quando em repouso. Ao ver-me, sorriu de maneira franca. Tive uma sensação de náusea, vontade de ir-me dali e daquela inocente alegria. Mas permaneci de pé, retribuindo os sorrisos, dentro de uma felicidade espantada e infame.

Ele ainda estava esperando sua mala junto à esteira, quando meu pai chegou. Cumprimentou-me, pousando a mão em meu ombro: onde, então, estava o sujeito? Apontei com o dedo trêmulo. Adiantando o corpo para a frente, como quem aguça o olhar, balançou a cabeça para cima e para baixo e abriu um meio sorriso. Nem era um sorriso inteiro; era um sorriso de escárnio. Sorria porque não tinha piedade, porque Edward era branco feito um doente, porque Edward vestia um exagerado casaco de peles, porque Edward era feio. Fosse um daqueles americanos corados que eu namorara em Israel, desses que mascam chicletes e que gesticulam falando muito alto, meu pai não sorriria. Não sorriria, não teria satisfação íntima nenhuma. Mas ali, contemplando o feio, a sensaboria do estrangeiro, os óculos, o casaco, o jeito de inseto de corpo descomunal e de cabeça minúscula e alva, cabelos lisos e ralos, aliviava-se das preocupações. Eu quis ter raiva de meu pai, mas não pude. De seu ponto de vista, estava só tentando formular um prognóstico quanto ao destino da única filha. E um rapaz feio, quase albino, não era ameaça nenhuma.

Quando por fim o finlandês saiu, empurrando um carrinho com duas imensas malas, o pai adiantou-se. Estendeu a mão e, num inglês seguro, disse quem era.

Edward encompridou o olhar míope em minha direção. Pois é, confirmei tolamente, limitando-me a abraçá-lo com cordialidade. O pai, feito o comandante de um campo de extermínio, assumiu o controle do carrinho e disse que iria levá-lo para o hotel. Quanto a mim, as ordens eram as de que fosse para casa, à noite nos reuniríamos para jantar, já estava tudo combinado com a mãe. Eu me sentia debaixo de um chuveiro que, ao invés de liberar água, ameaçava me sufocar com um gás letal. Mas tive de obedecer. Fomos juntos até o estacionamento, num silêncio constrangido — o silêncio de um forno crematório. Os dois entraram no Ford Galaxie, e eu rumei, sozinha, no Chevette que o general me dera não fazia nem um mês, ao completar dezoito anos. Pelo retrovisor, pude ver que Edward me olhava em pânico através do pára-brisa. O Ford Galaxie era um Auschwitz particular.

Naquela noite, o pai chegou em casa bastante mais cedo que de costume. Trazia Edward, metido em seu casaco de peles, e apresentou-o à mãe com uma expressão de inenarrável triunfo, como quem diz, olha só o feioso que foi arranjar nossa filha. Revoltei-me, mas contive minhas ânsias suspirando fundo. A mesa foi posta, um lugar a mais. Tínhamos peixe e saladas. Edward pediu um copo de leite. A mãe estranhou, leite? Mas atendeu a vontade. Ele bebia o leite e me olhava com o olho míope. Era um olho que continha alguma súplica muda, que me atordoava, e me sentia má porque fizera com que ele caísse numa emboscada: saía gás do chuveiro. E eu pretendi querê-lo mais ainda, obrigando-me ao afeto incondicional. Talvez fosse entendendo que seria fácil demais querer o limpo e o bonito, os sentimentos custavam a alcançar os feios. Devotar-me ao impuro, desejar um ser desarmonioso, tudo isso era minha mais profunda nostalgia.

Depois do jantar, o pai convidou o finlandês para tomar um café na sala. Abancamo-nos todos. A mãe preferiu cuidar da louça. Conversavam eles, o finlandês acuado feito um bicho, como o gigantesco inseto a que se assemelhava. Eu sentei, quieta, numa poltrona, esperando o desastre. Que logo veio. O pai perguntou para quando estava marcada a passagem de volta. Edward respondeu que não tinha passagem de volta. O pai me fulminou com um daqueles olhares de titânica ira, como se eu estivesse adorando algum bezerro de ouro. Eu queria que a poltrona me tragasse para dentro dela, que o chão se abrisse, que o teto despencasse. A seguir, a pergunta derradeira: quanto dinheiro ele trazia? Edward foi sincero. Sinceríssimo:

— Cem dólares.

Cem dólares, o pai repetiu basbaque. Cem dólares, e a quantia era a tatuagem no braço de um prisioneiro.

Também me surpreendi, não esperava que ele trouxesse tão pouco na carteira. O pobre assentiu com a cabeça. Cem dólares. Por misericórdia, o velho judeu mudou de assunto, indagando algo sobre fábricas de celulose e o clima na Finlândia. Edward respondia com uma humildade de apóstolo, cada vez mais submisso ante o algoz. Foi contraindo os ombros, fechando os braços em torno do corpo, curvando a cabeça. Apequenava-se.

Por volta de onze horas, o pai levantou-se, pegou o paletó e disse que era hora de ir andando. Só faltava bater os calcanhares e alçar o braço na saudação abjeta. O finlandês seguiu-o porta afora, despedindo-se de mim com uma leve mesura. Eu fiquei quieta, o peixe me causando um rebuliço no estômago: mas o que ele faria sem passagem de volta e com cem dólares no bolso? E, pelos céus, o que o pai diria a ele?

Tranquei-me no quarto. Meia hora mais tarde, quando a porta se abriu, o comandante encontrou-me fingindo que dormia. Não queria nem ouvir o que tinha a me dizer.

No dia seguinte, à mesa do café-da-manhã, o pai não fez menção à história da passagem e dos cem dólares; aliás, até permitiu que levasse Edward a passear depois do colégio. Surpreendi-me, mas fiquei feliz. Obviamente havia alguma carta na manga, aquela era uma jogada suja, uma falcatrua que o pai me armava. Um jogo de tiro ao alvo com balas de festim. Mas, como não alcançava a extensão da trama, contentei-me com alguns momentos a sós com o rapaz.

Depois das aulas, parei o Chevette em frente ao hotel e pedi que o chamassem. Ele veio, pressuroso, e deu-me um forte abraço. Deixei-me estar perdida no meio da maciez da pele do casaco e de um sentimento bom. Porque era bom, era como ser querida. Entramos no carro e disse que ia levá-lo a um restaurante para almoçarmos. No caminho, mostrava aquilo que julguei pudesse interessá-lo. Percebi que ele, no banco do passageiro, cuidava cada gesto meu. Considerava, muito seriamente, cada palavra que lhe dizia.

No restaurante, pedido já feito, copo de leite incluído, sentamo-nos frente a frente, como no jogo de gamão. Quis tocar no assunto da passagem, no mirrado patrimônio de cem dólares. Mas foi ele a iniciar o assunto: pretendia encontrar trabalho por aqui. Alertei que as coisas não eram tão fáceis assim, ainda mais para um estrangeiro. Ele concordou, como se entendesse o que eu dizia. Eu, lembrando-me de seus planos, perguntei como ia o assunto da conversão. Falou-me que era mais difícil do que imaginava, as exigências eram muitas, algo faria, não sabia o quê. Achei a história um tanto inusitada, mas os pratos chegaram, interrompendo a conversa. Eu servia e ele me olhava. E talvez, ao menos naquele instante, comecei a aprender a ser benquista, suportando o sacrifício de não merecer.

Estávamos pelo fim da refeição, ele com seu copo de leite — que o garçom teve alguma dificuldade em conseguir. Foi quando, de inopino, falou:

— Ethel, quero que meus filhos sejam judeus.

Meu garfo ficou suspenso no ar. Edward parecia tranqüilo. Por demais tranqüilo. Anunciou:

— Quero me casar com você.

Eu entendia a lógica. Era perfeita. Se não podia ser um judeu, se queria filhos judeus, se só é considerado judeu o filho de mãe judia, então queria casar comigo. Me senti a última das criaturas, o mais perverso dos seres quando ordenei a conta, sem coragem para comentar o pedido de casamento. Ele, sem incorrer no erro de perguntar acerca de meus afetos, insistiu: eu aceitava? De novo, a mesquinhez me vinha e o iludia: bem, casar, quem sabe quando terminasse a faculdade, mas ainda tinha muito a estudar, nem escolhera ainda minha carreira. Entendeu. Paguei a conta.

Quando nos levantamos, Edward se aproximou de mim e me tocou o braço. Eu estaquei, paralisada de horror e de extravagante fascínio. Ele aproximou-se e beijou-me os olhos e a boca. Doce, como era doce, a delicadeza que não conhecera em homem algum.

E se eu o quisesse? Eu o queria? Quem quer o feio? Quem, pelos céus, é capaz de querer o feio? Mas também pensei que não tinha obrigação de querê-lo, que nada fizera, que não mexera a mais remota palha para atraí-lo e para enredá-lo. Ele mantinha o rosto próximo ao meu num enlevo comovente, os olhos atrás das lentes vertiam afeto. Sua respiração acelerava-se, o rosto cheio de rubores. Compreendi que uma coisa imprevista não me estava proibida e abracei-o, deixando que me beijasse. Mas eu, desgraçada de mim, não pude retribuir o beijo, meus lábios se mantinham estéreis de ardor. Muito menos consegui fazer eco ao desejo que sentia nele e com o qual tentava, em vão, me contagiar. Afastei-me de súbito, alertando que era desaconselhável que nos vissem naquele estado no meio do restaurante.

O garçom empilhava os pratos e as travessas na bandeja. Sorria cinicamente.

No carro, dirigi em silêncio. De novo a sensação que do chuveiro não sairia água mas um gás mortífero. Edward olhava o movimento da rua. Mudo. Deixei-o às pressas no hotel, falei que mais tarde telefonaria. Sem entender muito bem, desceu do carro e ficou parado. Os braços ao longo do corpo. Um miserável.

Passei o resto da tarde trancafiada no quarto, em franco desespero. Algo, talvez a flor de um desejo, talvez um arremedo de afeição, queria nascer em mim. Mas era uma vontade sem força, débil desde a raiz. Muito débil.

Com a chegada do pai, corri a recebê-lo. Ele se preocupou com meu estado, o que eram aquelas olheiras, eu estava me sentindo bem? Tudo estava bem, nada de grave, mas de novo precisava de ajuda. Os pais ajudam os filhos, afinal, e talvez nunca na vida, no passado e no futuro, me ocorria um momento como aquele, em que tanto precisava dele. Não pude me conter e contei-lhe, aos prantos, que Edward queria casar comigo, viera por isso. O pai foi rápido na resposta:

— Não é ainda hora de chorar, minha filha. Muito cedo, você só tem dezoito anos. Amanhã, não me saia de casa. Nem para o colégio. Entendido?

Fiz que sim. Ele, o libertador, me enxugou os olhos com a polpa dos dedos polegares e abraçou-me longamente. Embalava-me, como a um bebê, de manso, de um lado para outro, de um lado para outro, até que me acalmei. Beijou-me a testa e falou em iídiche, sua melhor forma de expressão: Ethel, minha rica filhinha.

No dia seguinte, não saí de casa. Por volta de onze horas, o telefone tocou. Era Edward. E ligava do aeroporto. Meu coração deu um solavanco, parecia ter parado: do aeroporto? Sim, o pai estivera no hotel cedo pela manhã, intimando-o a partir. Propiciara-lhe a escolha: Israel ou Finlândia. Eu perguntei pelo quê ele optara. Disse-me que Helsinque, podia voltar ao emprego antigo, juntar mais algum dinheiro. Com voz solene, anunciou que faria uma pergunta:

— Se um dia eu voltar para lhe buscar, você vem comigo?

Eu, a irresponsável, eu, que já me habituara a proteger a alegria dos outros, ainda mais a dele, que parecia mais desprevenido do que qualquer outro ser na face do globo, respondi que sim. Nem sempre o que dizemos se parece conosco. Aquilo não se parecia comigo. Chamavam para o embarque, e ele tinha de desligar. Foi-se.

Sentia-me a maldita que havia encaminhado um homem a um campo de concentração.

À noite, quando o pai veio da loja, tinha o semblante dos vitoriosos. Ao recepcioná-lo, falou-me que havia feito o que tinha de fazer. E como eu discordaria? Contou rapidamente a história para a mãe. Pedi licença, não tinha fome, e me tranquei no quarto, assombrada com o rumo daquelas coisas todas. Antes de sair da sala, no entanto, ouvi que o pai comentava:

— O preço da passagem foi o resgate que paguei por nossa filha.

Não tinha nada do que me queixar, assim eu quisera a seqüência dos fatos. Dei-me conta de que já havia querido muitos que não me quiseram. Mas meu ressentimento naquela hora era diferente de desejar alguém e não ser desejada. Ressentia-me da falta de algo que nem tinha certeza do que era.

Fazia já uns quatro meses que Edward fora deportado e eu estranhei a falta de notícias. Deixei por isso mesmo, queria esquecer aquilo tudo, inclusive porque minhas inquietações maiores se relacionavam com o vestibular, que estava muito próximo. Num desses acontecimentos domésticos e portanto banais, abri uma das gavetas do armário do pai. Não havia nenhuma das proverbiais camisas brancas que ele sempre usava, as barbatanas sustentando os colarinhos duros de goma. Havia, isso sim, uma quantidade extraordinária de cartas. Todas endereçadas a mim, meu nome e endereço numa letra redonda, quase infantil. O remetente: Edward.

A trama tinha a singeleza dos que estão pouco habituados à desonestidade. Fosse o pai mais ardiloso, e eu nunca teria descoberto que interceptava minha correspondência, uma espécie perversa de triagem, essa ela pode ler, essa ela não pode. Mas se Edward já estava do outro lado da Terra, por que eu não podia ler o que ele me escrevia?

Peguei todos os envelopes, quase uma centena, e soquei-me no quarto. Li as cartas. Todas desesperadas, todas cheias de saudades, todas ansiando por mim. Lamentava, como lamentava, o fato de ter partido daquela maneira, às pressas, sem ter a chance de me ver por última vez. Também me dizia que estava se preparando para ir a Israel, um rabino lhe indicara uma escola de hebraico para estrangeiros num kibutz perto de Gaza. Sentia-se, mais do que nunca, um judeu de coração, não seria aquilo suficiente para que nos casássemos? E o que eu deveria lhe responder?

Quando o pai chegou, fui correndo perguntar por que se intrometera em minha correspondência. Ele se constrangeu, mas não titubeou em responder que fazia aquilo pelo meu bem. Perdoei-o, tinha lá seus motivos. Depois do jantar, bastante tenso, tomei a decisão de responder às cartas, uma a uma.

Passei dias e dias escrevendo e escrevendo, recitando-lhe minhas razões e as razões de meu pai para o acontecido. Confessei-lhe que me assustara com a proposta de casamento, que realmente era algo que passava ao largo dos meus planos imediatos. No entanto, e mais uma vez a perversidade me visitava, disse-lhe que, quem sabe, podia acontecer de eu aceitá-lo como marido, já que ele se sentia — vá lá — um judeu de coração. No meu íntimo, confesso hoje, tinha esperança. A esperança romântica: beijar o sapo para que ele virasse em príncipe.

Novas cartas chegavam, o clima em Helsinque, o trabalho na fábrica de celulose, a falta que eu lhe fazia, o dinheiro que ele estava juntando para ir a Israel. Com dó e certa dose de tolo orgulho, respondia, contando-lhe dos exames finais no colégio, da minha entrada na faculdade, dos novos amigos.

Só não pude lhe contar que me havia apaixonado por um rapaz e que o casamento já tinha até data marcada.

Foi uma cerimônia com algum requinte, afinal meu pai casava a única filha. Meu marido era o genro que qualquer patriarca teria escolhido. Benami, de fato, além de pertencer a família tradicional, ainda hoje é homem capaz de transtornar as mulheres. Um rapaz sefaradi de tez morena e olhos expressivos. Um legítimo príncipe.

Arrumamos um apartamento perto da casa de meus pais e, de tão atarefada, já nem respondia mais às cartas de Edward, que continuavam chegando. Meu marido, ao ser posto a par das peripécias com o finlandês pelo pai, riu muito. Riu demais. Com que direito?

Finalmente, resolvi escrever a Edward contando de meu casamento e de meu novo endereço, seria mais honesto de minha parte. Uma carta curta, objetiva, direta, sincera. Quando a coloquei no correio, soube que criaria uma fissura no paraíso alheio. Um envelope recheado com gás letal.

Durante anos, enquanto eu fazia nome como arquiteta, enquanto eu cuidava da casa e do meu marido, Edward me escrevia, e era como se ignorasse meu casamento. Havia realmente ido para Israel e estudava hebraico. Contava-me de seus progressos, dos outros estrangeiros, do nervoso clima que se instalara perto dos territórios ocupados. Eu respondia, já sem muitas inquietações, já sem muitos cuidados, já sem nenhum remorso: o tempo no Brasil, os projetos que estava levando adiante.

Durante anos, também, meu maior tormento eram as frustradas tentativas para engravidar. Alguma coisa em mim estava seca, e cheguei a pensar na hipótese de que me tornara estéril porque algo havia feito de errado. Nunca mencionei o fato a Edward — que já estava de volta à Finlândia, sem ter conseguido consumar a conversão —, como também nunca lhe escrevi mais nada a respeito de meu marido. Não sei por que motivo: era uma lógica que atendia variantes inalcançáveis.

Uma noite, ao chegar em casa, Benami me entregou uma carta com selo finlandês. Estranhei a caligrafia, o remetente não era Edward.

Abri o envelope e retirei o papel branco. Muito branco. O conteúdo:

Cara Ethel

Meu nome é Riita e sou irmã de Edward. Tenho o triste dever de comunicar-lhe a morte de nosso querido. Morreu dormindo de um ataque do coração. Mexendo em suas coisas, descobri as cartas que você enviou a ele durante todos esses anos. Agradeço em meu nome e no nome de nossa família por ter sido tão gentil com meu irmão. Edward foi enterrado na presença dos parentes e dos amigos mais próximos. Mais uma vez, obrigada.

Sinceramente,

Riita

Quando finalmente consegui engravidar, dei à luz um menino. Porque dar o nome de pessoas mortas aos recém-nascidos é uma maneira de sacralizar a memória, meu filho chama-se Ian, homenagem ao bisavô de meu marido. Ian poderia ter outro nome, cheguei mesmo a cogitar. Desisti, porque certamente Benami não apreciaria a idéia. E porque, afinal, teria sido inútil tornar sagrado o que já era precioso.

Zulu

Para Abner de Irrawady of Chatquirit

Foi a vizinha da casa ao lado de nosso prédio, dona Alcione, que me veio, pelo final da manhã, com a novidade. Trouxe-a com o gosto antigo de quem sabe amar coisa nascida de outra.

Ao abrir a porta, percebi que o rosto gordo e lustroso tinha a expressão afobada, os olhos aguados de expectativa. Junto ao peito, entre os braços fofos, trazia alguma coisa envolta numa toalha. Ela disse olha aqui o que me deixaram em casa. Desembrulhou lentamente a trouxinha e de dentro dela emergiu.

Um gatinho.

Os imensos olhos amarelos lhe tomavam toda a cara, contrastando com a cor negra do pêlo; a boca era só um furo na cabeça triangular. As orelhas moviam-se, curiosas.

Eu, diante da cena, constrangida, não sabia bem o que fazer: protegia-me atrás da folha da porta, como se me defrontasse com grossa ameaça. Não tinha palavra que coubesse naquela situação. Lá de dentro, da sala, veio a pergunta xereta de Anabel: que é, mãe?

Como não lhe respondesse, passou por mim, forçou a porta para abri-la mais um pouco e olhou a vizinha Claro, logo percebeu que dona Alcione não estava só e, pondo-se na ponta dos pés, pediu deixa ver. A outra, com sabedoria aliciante, abaixou os braços. Os dois serezinhos se olharam. Tive exata ciência de que a graça do gato pegou minha filha em flagrante, e vice-versa, crianças e bichos têm disso. Anabel estendeu as mãos, queria pegá-lo. Mas dona Alcione, ciosa de seu papel, observou que talvez fosse melhor colocar a criaturinha no chão. Às vezes, a bondade me deixa ríspida e severa; às vezes, como naquele momento, me intimida a ponto de provocar um mutismo involuntário. Eu, mesmo sem querer, mesmo sem concordar, mesmo que intimamente me faltasse a habilidade de ser boa naquela hora, aquiescia no meu silêncio. O filhote foi posto sobre o tapete da sala de estar.

Era uma coisa trêmula de passos incertos e periclitantes. Dona Alcione suspirou, jogando a toalha por cima do ombro:

— Coitadinho. Não deve ter nem dois meses e já foi enjeitado.

As palavras, pronunciadas daquela forma de tamanho pesar, me desmancharam. Eu já havia dado à minha filha peixes, tartarugas e até um coelho de grandes olhos vermelhos e de pêlo alvo feito algodão de farmácia. Mas pouco tempo viveram os animais sob os cuidados de Anabel: o peixe não resistiu a um banho com sabonete, a tartaruga não sobreviveu a uma viagem à praia, e o coelho conseguiu a proeza de cair do parapeito da nossa janela, sétimo andar — fato que me fez, alarmada, instalar redes de proteção. Nunca me havia ocorrido a idéia de um gato ou um cachorro, criaturas que se parecem demais com os humanos.

Minha filha acocorou-se, sentando sobre os calcanhares, e percorreu de leve o corpo peludo com a ponta dos dedos. O gato estremeceu, alongou as quatro patinhas, roçando o dorso de um negror ruço contra as pernas de Anabel. Pronto, o desastre estava feito. Contra todas as minhas precauções anteriores, ela viera ao mundo não para cuidar de peixes, tartarugas ou coelhos albinos: viera ao mundo para ser a protetora da natureza aprisionada daquele gato. Por isso, e só por isso, emudeci em resignação quando me indagou se eu deixava que ele morasse conosco. Quando me voltou o tino, como a pergunta se repetisse, ela já puxando a barra de meu vestido — deixa, mãe? deixa? —, respondi que estava bem, poderíamos tentar. Alertei, antes que me tomasse por alguém que se dobra facilmente, que nem todas as tentativas davam certo.

Dona Alcione lembrou que tinha de ir-se, acabar a arrumação da casa e fazer compras no mercado. Como não havia volta atrás, como me parecesse mais do que injusto romper a corrente de faceirice de minha filha, abri a porta para a vizinha. Não sabia se era momento de agradecer ou de enchê-la de impropérios. Antes de tomar o elevador, palpitou que era um macho. Certeza, certeza mesmo, ela só tinha uma:

— Está cheio de pulgas.

Pulgas. Então, de repente, assim de uma hora para outra, eu tinha sobre o tapete da sala de estar um bicho sugado por parasitas. Só então, mas daí já era tarde demais, pensei no que diria meu marido, quando chegasse para a janta, ao ver o novo morador da casa. Mas sempre havia a esperança de que ele compreendesse que o gato e Anabel se pertenciam, os vínculos inegáveis a que devem ceder pai e mãe. Olhei para o bichano, que ainda caminhava, incerto, sobre as flores do tapete. Anabel foi impiedosa: e agora o que é que a gente faz, mãe? E como eu deveria saber? O olhar de minha filha aguardava com esperança o meu primeiro gesto de amor eficaz: eu era a mãe, a mim tocava amar e criar. Não sem certo receio, aproximei-me. Ele ergueu a cabeça.

Miou.

Ah, a dor do miado de um filhotinho. Depressa, soube que tinha de alimentá-lo, tirar-lhe as pulgas — como? —, vaciná-lo, arranjar uma caminha e um lugar para que fizesse xixi e cocô.

Com todo o cuidado, com extrema delicadeza, fiz o que minha filha esperava que eu fizesse: peguei o filhote entre os braços. Era uma coisinha de corpo morno e de pêlos ásperos, levíssima, bem mais leve do que se poderia supor e que se acomodava à feição de meus contornos com uma ternura de olhos lentos, como se olhos pudessem suspirar de prazer. Levei-o até a cozinha e coloquei-o no chão de ladrilhos. Custou a equilibrar-se sobre o piso frio, mas quando lhe alcancei o pires com leite, atirou-se feito um fidalgo à comida. Lambia o leite dentro do prazer a que tinha direito: havia pago de antemão com o sofrimento da espera. Nós duas assistíamos àquele repasto sofrido. O leite era amor entre estranhos.

Um pouco antes de sentar-se à mesa do almoço, minha filha perguntou se podia chamar o bichano de Zulu. Por quê?, indaguei. Minha filha, mãos na cintura, quase brava por eu não ter reparado na obviedade, explicou:

— Porque ele é todo preto.

Concordei, numa interjeição em que assumia minha mais profunda burrice.

Durante a tarde, seguiu-se uma romaria: veterinária perto de casa, minucioso exame — sim, era um macho —, remédio contra pulgas, vermífugos, vacinas, ração. A conta me pareceu extraordinária para um bichinho tão pequeno e de origem tão obscura. E eu, ainda por cima de tudo, teria de justificar mais essa despesa.

À tardinha, quando meu marido chegou em casa, os alicerces do edifício tremeram: mas como eu tinha cometido uma irresponsabilidade daquelas? E passou a enumerar pestes, doenças, fungos, vírus, bactérias, sujeiras e imundícies aterradoras. Anabel tranqüilizou-o, sentando-se em seu colo: não se preocupasse, o gato estava limpinho, vacinado, ela iria cuidar bem dele, que se chamava Zulu, porque era preto. Acho que meu marido teve a mesma sensação que eu tive. Nada podia ser feito, o destino dos dois estava selado. Não fosse pelo muito sincero entusiasmo de Anabel, ele já teria encerrado por ali mesmo o sentimento e seu desconforto. Considerei-o nocaute quando se interessou pelo gatinho, afinal bicho movendo-se por si próprio desperta a suavíssima curiosidade.

Quando voltei da cozinha para colocar a janta na mesa, deparei com a cena: Anabel no colo de meu marido, e, no colo de Anabel, Zulu. Pareciam felizes.

À noite, o bichano deveria dormir na área de serviço, numa cesta que antes acomodava frutas. Apaguei as luzes, fechei a porta, fui até o quarto de minha filha e dei-lhe um beijo de boa-noite. Anabel tentou a barganha, queria que o gatinho dormisse com ela. Respondi que não, nem pensar em tal coisa. No entanto, atendendo sabem os anjos a qual apelo, voltei à área de serviço e deixei a porta entreaberta. Zulu amanheceu enrodilhado aos pés da cama de minha pequena.

O gatinho, pelas nossas contas, já ia para oito meses de vida. Crescera, tornara-se corpulento e musculoso, um ser ronronante, cheio de substância e de viçosa altivez. Era um gato feliz, não só porque Anabel o amava: sua felicidade vinha da graça de saber-se gato. Os dias, passava-os languidamente dormitando no sofá da sala, o corpo tremendo ao sabor de algum sonho mais agitado. Os olhos ganharam uma tonalidade dourada e translúcida e tinham o vagar de quem dispõe de todo o tempo e paciência do mundo. Comia em seu prato, ao lado do fogão, em beliscadas ocasionais. Aprendeu, sem custo, a usar a caixinha com areia que eu colocara na área de serviço, e a maior diversão de Anabel era o espetáculo de ver Zulu fazendo xixi. De fato, parecia nobre mesmo em suas necessidades mais primárias.

Lá, num sábado de manhã, Anabel entrou esbaforida na cozinha:

— Mãe, Zulu está doente.

Eu bem reparara que ele andava miando mais do que de hábito, mas creditei o fato às muitas denguices do bichano. Disparei para a sala, secando as mãos no avental, e vi que Zulu rolava no chão, contorcendo-se muito. De imediato, envolvi-o em uma toalha e corri à veterinária.

A médica não precisou examiná-lo muito para chegar a um diagnóstico. Antes de nos esclarecer qualquer coisa, falou que estava mais habituada a tratar cachorros, gatos eram raros em seu consultório, equívocos acontecem a torto e a direito. Anabel estava quase às lágrimas e ouvia tudo sem entender nada. Eu tampouco. Pedi para ela me dizer que doença tinha Zulu. A veterinária, coradíssima, afirmou que nosso mimoso não estava doente. O que ele tem?, quase gritei. Ela abaixou a cabeça, a voz saiu-lhe débil:

— Zulu é uma fêmea. — Ato contínuo, corando mais ainda, coisa que parecia impossível, disparou o tiro de misericórdia: — E está no cio.

A vida se duplica e se encadeia, isso queríamos ensinar para Anabel quando decidimos o que fazer. Antes, claro, conversamos com a veterinária, que nos auxiliou no mínimo necessário.

Zilá passa bem, é mãe extremada e amorosa, lindo de vê-la amamentando. Anabel gasta horas a fio observando os sete nenês, rosto entre as mãos, enternecida com aqueles serezinhos que ela viu nascer em seu próprio quarto. Também já flagrei meu marido, sentado no chão, apreciando a magnífica cena, fazendo de conta que ralha com os mais apressadinhos que pisam nos irmãos para conseguir a teta mais gorda. Cheguei a pensar que, quando os filhotes completassem dois meses, iria de visita a dona Alcione, ela sempre soube o que fazer nesses casos. Descartei a possibilidade maldosa: na verdade, toda a família continuará mais tempo por aqui. Tenho aprendido muito com Anabel. Como, por exemplo, o instinto dócil e novo de amar coisa nascida de outra.

A grande e invisível África

Existem várias maneiras de se contar a mesma história. Sempre tive tal fato muito em conta, guardado no frágil porão de minhas certezas, talvez a única delas — das certezas — que me serve de luz para alguma coisa. Escolho, então, a forma imprecisa das digressões, a memória como o fluxo recorrente dessas ondas que vêm ali, bem pertinho, e voltam ao lugar que as gerou.

A praia de Capão da Canoa. Um amontoado de edifícios, desgraciosa arquitetura, a barrar qualquer fantasia que queira, aqui, compor. Mas há coisas em Capão que restam misteriosas, e é como se a cidade se embebesse feito esponja dessa onda que reflui das recordações e se dilata; sem os prédios modestos de minha infância e sem a algazarra dos guris, a cidade não conta seu passado. Mas ele está ali, inexato, como as linhas da mão.

Eu tinha, sei lá, meus onze, doze anos. O edifício justo à minha frente não era, nem de longe, o que é agora. O Hotel Bassani constituía-se de uma construção baixa, apenas dois andares, dispostos em forma de U. Os apartamentos caros davam vista para o mar; os outros, mais modestos, olhavam tão-somente as casas da vizinhança. Ladeando o prédio de linhas retas, havia um outro, também simples, que abrigava a cozinha, a recepção, a sala de estar dos hóspedes e, num salão maior, o refeitório, que se enchia do buliço dos talheres nas horas do café da manhã, almoço e jantar. Um pequeno sino, colocado junto à entrada principal, anunciava que a comida estava pronta. Ao meio-dia, o tal sino tocando desnecessariamente, meu pai nos tirava da água aos berros, onde se viu ficar murchando bem na hora do almoço? Vínhamos azulados de frio, e a mãe espanava a areia dos nossos pés com uma toalha de rosto, dedicada, havia anos, a esse fim exclusivo.

Antes do almoço, um ritual repetido desde que eu me conhecia por gente: meu pai pedia um gim-tônica e sentava olhando o mar, eu tomando meu guaraná. Ele eternamente fazia a consideração de que, se a gente nadasse sempre, a vida toda, em linha reta, podíamos chegar à África. Eu, partilhando o momento de sonho, olhava o horizonte e tomava um gole de meu refrigerante.

A África, assim, era lá, depois que o mar se desfazia num precipício azul e longínquo.

Naquela tarde, um Ford Falcon estacionou em frente ao Bassani. Eram argentinos chegando — porque todos os anos eles chegavam — e continuam chegando — e, portanto, eu, meus irmãos e a gurizada que jogava futebol por ali corremos a recepcioná-los. Com a bola debaixo do braço, parei-me a observá-los. Estranhei um pouco, era gente que eu nunca havia visto por ali — porque os argentinos eram os mesmos, ano depois de ano. Malas, travesseiros, planondas, tudo desfilava em ritual. Três os passageiros: um casal de gente velha e um rapaz. Bem isso: não era um guri, ainda não era um velho, era um rapaz. Teria seus vinte, vinte e poucos anos, mais ou menos o dobro de minha idade.

Ia e voltava aquela gente, carregando e carregando as tralhas, que saíam do tal Falcon numa mágica multiplicatória. Ia e voltava, ia e voltava, e eu não sabia bem por quê, não queria sair dali da frente do hotel, da visão do carro dos argentinos. Os meninos me chamavam, pediam a bola, e eu plantada, acompanhando o movimento. O rapaz era alto, braços vigorosos, cabelos longos, barba um tanto desgrenhada. E olhos absolutamente verdes. Da última vez que passou por mim, baixou a cabeça numa saudação breve. Repeti o gesto, que ele nem chegou a perceber. No entanto, algo em mim se aquecia, algo úmido e bom como as coisas que nascem.

Mais tarde, meus irmãos convidaram-me para comer churros no centrinho, em frente ao Boliche Rio-Grandense. Embora me desse água na boca a idéia, declinei do convite, ficaria sem fome para jantar. Foram-se eles, felizes, empanturrar-se das delícias transbordantes de doce de leite.

Sentei-me num banco, olhando o mar, pensando em atravessá-lo às braçadas, pensando nos negros pelados que viriam me recepcionar na costa do continente distante, pensando em como as coisas podiam ser tão grandes no mundo. A grande África.

Às sete horas, o sino do jantar tilintou. Fui para o apartamento, tomei novo banho — minha mãe decerto se atordoou com meu excesso higiênico —, escolhi um conjuntinho de short e blusa e providenciei que meus cabelos fossem presos em duas marias-caxuxas. Caminhávamos, nós cinco, rumo ao refeitório: os meninos seguiam na frente, brincando de adivinhação; eu ia entre o pai e a mãe, mãos dadas, os passos coordenados, fazendo de conta que éramos um exército em marcha.

Eu já mastigava meu bife quando vi os ocupantes do Falcon chegar. Sentaram-se perto de nós, o rapaz de olhos verdes de frente para mim. Meu estômago se embrulhou e fiquei catando uns grãos de arroz, de uma hora para outra sem fome nenhuma. Meu pai ralhou, a gente devia comer tudo o que tinha no prato, e senti meu rosto ferver num vermelhão. Obedeci, para evitar maiores tragédias.

Depois do eterno pudim de leite, as famílias reuniram-se para o jogo de cartas e para conversar, desfrutando da claridade fraca dos poucos bicos de luz da sala dos hóspedes. Meus pais aboletaram-se com um casal de conhecidos; os argentinos escolheram um canto perto dali. As gurias, colegas de escola, vieram me buscar para tomar sorvete no Schuck. Pedi desculpas, eu tinha começado regime naquele dia. Elas se espantaram com aquela história de dietas, logo eu, gulosa que só, e bandearam-se para o centrinho.

Meus manos trouxeram o jogo de damas, de víspora, o baralho e a caixa de dominós. Olhei para os brinquedos com desdém, aqueles joguinhos eram coisa de criança. Lembro que meu irmão mais velho disse que eu estava ficando biruta. Ele é que era um chato, retruquei. Dito isso, fui para um dos bancos da frente do hotel, pensativa. Foi quando ouvi, sobrepondo-se ao coaxar dos sapos, uma voz muito viril e muito clara:

— *Linda noche, no?*

Era o argentino de olhos verdes. Emudeci, como se tivesse engolido a língua. Sentou-se junto a mim. Dei volta com a cabeça, o coração num compasso de desatino. Pude ver-lhe o rosto tenuemente iluminado pelas lâmpadas dos postes da rua. Os olhos verdes, embora com as pupilas inchadas pela pouca luz, pareciam duas lagoas que estremeciam de quando em quando. Duas lagunas, e a gente podia nadar nelas. Meio zonza com esses pensamentos — se bem me lembro —, apontei para a imensidão negra que se estendia diante de nós e repeti, devagar para ele entender, que, se a gente nadasse sempre, em linha reta, podíamos chegar à África. Não sei qual era a graça, mas ele riu de mim, riu muito. Passou a mão pelas minhas caxuxas num gesto longo e foi-se embora.

Fiquei ali mais algum tempo, olhando o nada, o vazio, a escuridão. O mar troava, voz sem corpo, e eu invadida por uma inédita calidez.

Os dias que se seguiram tinham a marca da inquietação. Nada de sorvetes com as gurias, nada de churros ou jogos com os meninos. Meus pouco mais de metro e meio pareciam pouca estatura para as agitações que passaram a me habitar. Na praia, lambuzada de *Rayito de Sol*, esperava e esperava que o argentino chegasse. E ele sempre chegava, porque nenhum hóspede do hotel ousava aventurar-se longe dali. Assim, talvez com um pouco de insistência minha, tornamo-nos amigos. Ensinou-me a pegar jacarés com sua planonda, e eu, com a ajuda de meu pai, ensinei-lhe algumas palavras em português. De resto, ficávamos horas olhando a correria das tatuíras e construindo montinhos de areia.

Numa daquelas manhãs, as dunas torrando sob o céu luminoso, as famílias protegidas debaixo dos guarda-sóis, eu e o argentino erguíamos uma muralha em torno de um castelo de areia que ele houvera por bem erigir.

Daí que aconteceu.

Uma moça alta, bronzeada, seios aumentados pelo bustoform do maiô, e logicamente mais velha do que eu e muitas vezes mais bonita, chegou e beijou o rapaz na boca.

Assim: na boca.

Vi que meu pai baixou os olhos e, sem ação, imitei-o. O argentino limpou as mãos, esfregando uma na outra, e comentou algo com a tal mulher. Riram os dois. Ele afagou-me as caxuxas num doloroso afeto. Foram-se, abraçados.

E eu fiquei ali, enchendo, repletando, transbordando meu baldinho com areia, com a areia que arrancava, aos punhados, do castelo feito pelo rapaz.

Antes do almoço, sentei-me, como de hábito, com o pai, gim-tônica, guaraná. O Bassani me parecia grande, as ruas que conseguia divisar me pareciam imensas. O pai tomou um gole e fez a observação de praxe, a África um indistinto ponto de referência. Quanto a mim, continuei com os olhos parados e parados, fixos no mar, fixos na África, grande e invisível, lá depois do precipício do horizonte. Se eu nadasse sempre, toda a vida, em linha reta, chegaria ao continente e uma tribo inteira de negros pelados viria me receber na costa. E por que, apesar da tranqüila certeza, havia aquela novidade, a grande amargura que eu sentia? Anos depois, quando tudo virou lembrança, quando tudo virou história, quando tudo virou imprecisão, eu compreendi. Mas só anos depois, depois que me habituei aos mistérios, depois que passei a conviver com a onda que reflui das recordações e se dilata.

O argentino sumiu, nunca mais soube dele ou da família. Só sei que, naquele dia de sol glorioso, Capão da Canoa embebeu-se de mim, das coisas que foram e que seriam, de meu passado e de meu futuro. Esses que conto agora.

Invierno porteño

Aquele que tenha aturado temporadas em cidades distantes de casa terá descoberto, como eu, que a solidão, com seu interminável monólogo interior e com seus rosários de sobejas decisões — agora faço isso, agora faço aquilo —, perigosamente se parece à loucura. Antes de mim, claro, já se conjeturara tal coisa, não sou homem de ter pioneirismos em idéias, como de resto em nada no mundo.

De qualquer forma lá estava eu, no ócio disponível em que às vezes os turistas se atolam. Partiria no dia seguinte, ao fim da manhã, mas tinha, naquela noite, todo o tempo do mundo em Buenos Aires, cidade de meus encantos, e sem noção precisa do que fazer. Uma pizza com *hongos* e *morrones* na Los Inmortales, cheguei a animar-me, mas decidi esperar ainda uma meia hora. O almoço nos altos de Palermo desaconselhava qualquer ousadia gastronômica antes das oito da noite, mesmo que eu me tivesse entretido apenas com uma *ensalada rusa* e uma *suprema de pollo*, pouco, portanto, para meu apetite, que os amigos consideram notável. Enveredei pela Lavalle e tolheu-me o vento frio.

Um cartel, afixado num quiosque de jornais, anunciava as funções no Teatro Colón. Li o programa e, naquela noite, cantavam *A Danação de Fausto, leyenda en cuatro partes de Hector Berlioz.* Não me considero um *imbecile musicale*; mais ainda, com meu ressaibo de esnobismo costumo alardear gosto pela música. Mas, sinceramente, as artes de Mefistófeles pouco me atraíam, e os prodígios de um oratório perdiam seu encanto por causa do preço do ingresso. Buenos Aires, cidade de aristocratas. Falidos, mas sempre aristocratas, e sempre cobrando caro por qualquer função.

Foi quando, de uma dessas lojas de discos — há muitas na Lavalle —, saíram os primeiros acordes. *Invierno porteño*. Piazzolla, um tanto previsível, um tanto romântico, mas sempre belo. O piano fazia suas evoluções, seguido de perto pelo *bandoneón*, a majestade e a pompa, do mais cândido andamento ao ritmo de um alazão em tropel. Músicas que muito se freqüentam devem ser ouvidas como se fosse por primeira vez, dizia-me sempre o amigo, um melômano violoncelista que abandonou o instrumento para dedicar-se à literatura. E, assim, o *Invierno* revestia a *calle* com os ares magníficos das coisas que se inauguram. O fole do bandônio soprava golfadas de espírito a intervalos cadenciados, um encanto de frescor e viço. Eu ainda ali, de pé, sem me aperceber do ridículo que era estar imóvel no meio dos pedestres que circulavam com grande pressa, em parte pelo frio, em parte porque em Buenos Aires todos se apuram.

Foi quando vi: uma mulher de longo mantô negro tropeçou, projetando o corpo para a frente num impulso desgracioso. Só o tempo de saltar e ampará-la. Logo tinha em meio a meus braços um ser muito pálido. Atribuí a lividez ao susto, mas logo, quando ela se recompôs, dedicando-me um *gracias* obrigatório, percebi, à luz frenética dos néons, que era de sua própria natureza ser branca daquele jeito. E mais, claro, num desses enredos sem imaginação, gêmeos da loucura, pude constatar que era bela. Ergueu o queixo numa dignidade recém-urdida e tentou seguir seu caminho. Percebi, no entanto, que manquejava.

Poderia ser que Mefistófeles, ou o que fosse, me lançava suas redes. Mas não tinha como resistir, e não houve volta atrás quando dei dois passos, tocando-a no ombro com a ponta dos dedos. Ajeitei meu castelhano o melhor que pude, e bem depressa, quando ela voltou o rosto em minha direção:

— *Usted se ha lastimado, señora?*

Fez um jeito contrafeito, concordando. Os olhos eram escuros, como os cabelos, e pareciam mais enegrecidos com a irritação que lhe acometia. Sugeri que podia ajudar. Ela respondeu num *sí* minúsculo e num *gracias* menor ainda. A voz, ainda que me andasse a contestar lacônica e a se repetir na polidez, possuía nuanças de falsete. Apreciei o contato de seu braço, que se escorava no meu, o corpo esguio próximo. Tinha cheiro de jasmim, a mulher, doce, mas nunca enjoativo, a fragrância cuidada de quem coloca apenas algumas gotas de um perfume que se sabe forte e muito marcante. Convidei a um café, na falta de algo melhor para dizer. Respondeu-me que preferia caminhar, mesmo mancando, talvez o exercício pudesse recompor a torção. Achei que era rematada *tonteria* a idéia da bela, mas não era hora e momento de negar o pedido a uma dama.

Ela poderia chamar-se Helena ou Carmem, ambos os nomes lhe caíam muito bem. Mas revelou chamar-se Pérola. Recordei-me, com algo de diversão, da personagem de uma história curta, mas deixei estar e nada revelei de minha lembrança e da imediata analogia. Caminhávamos, lerdos. Quando em quando, ela deixava que sentisse seu peso, mas logo o pé sadio se punha adiante, aliviando-me a muito suave pressão. Piazzolla distanciava-se, logo se esmaecendo a fúria dos instrumentos. Nós seguíamos pela Lavalle, e aquela atitude recalcitrante unida à absoluta dignidade do perfil talvez me tenha aumentado o apreço por ela.

Ao chegarmos à altura da Florida, depois de três quadras e umas duas pizzarias, Pérola já estava mais desenvolta. Na esquina, parou, como a deliberar o que faria, mais uma daquelas encruzilhadas, o rosário de decisões. Ansiei, por poucos segundos, que ela me sugerisse algo, uma frivolidade qualquer, que aceitasse mesmo o café que lhe havia proposto. Rezei, sobretudo, para que consentisse em me acompanhar a um restaurante, aquela caminhada já durava até horas que nunca abordo com o estômago vazio, passava das oito e meia. Nem cheguei a fazer o convite, porque logo ela dirigiu os olhos Florida acima. Erguendo o nariz gracioso, apontou adiante: eu a acompanharia até a praça San Martín? Fiz de cabeça os cálculos, era coisa de mais uns dez minutos de caminhada. Tentei argumentar que, no estado em que se encontrava, o melhor era um chá de ervas na confeitaria Richmond. Ou, talvez, um cálice de sidra, sempre servem uns picados de fiambres para acompanhar a bebida. Pérola insistiu, o pé já nem doía, se eu não a acompanhasse, iria de qualquer jeito. Como não é de bom alvitre que uma mulher se aventure sozinha à noite, resolvi concordar. Mais um trabalho de Mefistófeles, penso hoje. Ou talvez a loucura.

As vitrinas pareciam chamar-lhe a atenção. Demorou-se numa loja em que estavam expostos sapatos de pele de crocodilo, artesanais e caríssimos. Aproveitei seu descuido e analisei-a melhor. A pele do rosto contrastava com o negror do mantô; no pescoço, trazia um colar de — ora — pérolas, duas voltas, com um fecho de brilhantes bem pequenos. Nos pés, escarpins também pretos, muito delicados, que faziam par com a bolsa de pelica. Os cabelos estavam soltos, cortados à altura do ombro; mexiam-se, agradavelmente, com os meneios da cabeça. Depois de estar atenta às mercadorias por bom tempo, voltou a enlaçar-me o braço com suavidade. Devíamos prosseguir, era a ordem implícita. E eu sentia fome.

Despacito, enquanto ela dizia do amor que tinha pela praça para onde nos dirigíamos, eu tramava: um restaurante simpático na Corrientes, dispensaria entradas, tomavam mesmo muito tempo, a não ser que o *maître* sugerisse algo que seria servido de pronto e em abundância; caso contrário, iria de imediato ao prato principal, quem sabe bife de *lomo* com batatas na manteiga, alguma salada para dar cor e um bom vinho mendozino; de sobremesa, uma *isla flotante* com bastante *dulce de leche*. Estava nessa digressão prelibante quando ela me perguntou de onde eu vinha, meu espanhol era correto, mas o acento denunciava que não era dali.

Respondi-lhe com entusiasmo, vaidoso e grato, revelando minhas origens e meu apreço pela cidade. E já que o assunto era ameno, tentei aproximar-me de área mais próxima de meu benefício imediato: comia-se muito bem na Argentina e também no Brasil, ela já tinha provado nossa feijoada?

Um longo silêncio se seguiu, e eu temi que a bela tivesse passado por uma daquelas terríveis experiências a que estão sujeitos alguns turistas em nosso país. Ela respondeu que já visitara duas vezes o Rio de Janeiro — pronunciava "chaneiro" — mas que nunca se tinha aventurado a pedir um prato daqueles; parecia-lhe uma afronta à saúde e à silhueta e, mesmo em viagens, nunca fugia das saladas e das carnes brancas.

Por vezes, os amigos me acusam de misoginia, mas todos sabem que alguns desabafos cabem ao longo da vida e que não prejudicam ninguém. Para mim, as mulheres, com a eterna desculpa de não engordarem, desvirtuam o mundo, não respeitando as quatro refeições normais do ser humano. Eu estava feliz ao lado dela; minha única insatisfação, naquela hora, vinha do andamento dos fatos, contrários, bem contrários, ao meu apetite, que já andava fazendo das suas.

Chegando à Plaza San Martín, Pérola sugeriu que sentássemos num banco de concreto. O frio aumentara, o vento que vinha do rio assoviava com furor. Ela aconchegou-se a meu lado, numa intimidade singular, decerto porque o corpo magro ressentia-se da temperatura impiedosa. Vieram-me à mente os sons de abertura do *Invierno*, que, com seus colossos, bem poderia ser um dos hinos, ainda que sazonais, da cidade. Por poucos instantes, o arrebatamento dos acordes briosos dominava o estômago e alguma pulsão que o corpo da bela, próximo de mim, tinha o poder de despertar. Daí ela pronunciou a frase inacreditável:

— *Vamos a algun lugar?*

Não entendi, ou não quis entender, o que me dizia. Limitei-me a perguntar aonde, exatamente, queria ir. Ela enroscou-se em meu braço, os cabelos revoando ao vento gelado:

— *A cualquier lugar.*

A qualquer parte?, me abismei; inclusive a um restaurante? Ela fez uma careta de reprovação:

— *No, no a comer. No tengo ganas.*

Ah, Fausto, ah, Mefistófeles, ah, loucura. Custei a perceber o que ela queria de mim, ainda mais que os dedinhos níveos e diáfanos me roçaram as costas por cima do sobretudo, o rosto de marfim aconchegando-se junto a meu ombro. Tive uma iluminação, mas antes confirmei minhas suspeitas: ela queria ir a *qualquer* lugar? Reforcei o "qualquer". Ela enroscou-se mais em meu braço como se fosse uma gata, o corpo contorcendo-se em malabarismo mais do que sedutor.

— *Si, no importa. Llevame.*

Recompus-me com a presteza necessária. Pressenti que era hora de dizer alguma coisa, que não podia, que tudo tomasse um rumo leviano como apontavam as evidências. Não disse nada, no entanto, nada me saiu em meio à perplexidade e à urgência. Pensei em levá-la ao Marriot Plaza, logo ali ao lado, mas tive noção de que a extravagância de hospedagem, ainda que por uma noite, num prédio barroco bávaro comprometeria demais a minha já débil conta bancária. E para onde, Mefistófeles? Não havia opções, a parte sórdida de Buenos Aires, ao menos para aqueles que estão sem o conforto de um carro, só é acessível de táxi, e a idéia de que um chofer soubesse de minhas intimidades — e as dela — me insultou de imediato. Meu hotel, ali pertinho, era a única saída; se me indagassem algo, diria que se tratava de uma parenta que vinha de visita. Ajudei-a a levantar; ela se ergueu graciosa como se seu corpo não tivesse peso. Braços enganchados, rumamos para a Maipú.

No seguimento dos fatos, digo que a incalculável realidade desdobrou-se naquilo que não hesito em chamar a noite mais extraordinária de minha vida. Em meio àquela fortuna, não perdia de vista o relógio: os ponteiros marcavam as horas de êxtase, que duravam além das duas da madrugada — quando todos os restaurantes fecham. Depois disso, das duas, o jantar já uma vaga e impossível idéia, posso afirmar que a entrega àquele corpo de nácar foi quase total e completa. Admito, claro, minhas muitas mesquinharias durante a noite madrugadora: não revelei a ela que partiria no dia seguinte e tampouco lhe disse que sonhava com algum petisco, um amendoinzinho que fosse. Daquelas tórridas horas com Pérola, não esqueço, sobretudo, a fome que passei. A sensação de vazio me concedia breve desprazer, que era volta e meia abafado pelos beijos da boca licorosa, semelhante em cor e gosto a um morango. A combinação dos dois fatos, da fome e da luxúria, deu a essa noite um aspecto tão irreal quanto místico.

Pérola, a bela, com o rosto afundado em meu peito, adormeceu. Também peguei no sono em meio à mescla de sensações, satisfeito pelas andanças naquela pele descolorida e de sabor frutado.

Estava só na cama quando o dia chegou. O movimento da Maipú, anunciado pelas buzinas raivosas e pelos xingamentos de motoristas a pedestres, ou vice-versa, revelava que deveriam ser umas oito horas. A fragrância de jasmins persistia nos lençóis e no travesseiro. O estômago estava rente à espinha. Exultei com a prodigalidade dos amores e — outra mesquinharia — com a falta de indicações sobre a diva marmórea. Não sabia seu sobrenome, não sabia sua idade, não sabia seu telefone ou endereço. Claro que me inquietei com o anonimato, indícios de algum ato escuso e vil. Inquietei-me mais porque, sinceramente, teria gostado de permanecer em Buenos Aires com a bela debaixo das minhas cobertas.

Depois de um longo banho, desci ao comedor do hotel, onde duas raquíticas *medias lunas* me foram servidas. Devorei-as, e mais dois potinhos de geléia, com satisfação. A seguir, caminhei pelas cercanias, até a balbúrdia da Florida. Quis retornar, saudoso, à loja de sapatos de crocodilo, onde Pérola se detivera com tanto gosto. Por mais que buscasse, no entanto, não encontrei o negócio das prendas exóticas e finíssimas. Um par de luvas expostas numa *marroquineria*, a preço módico, fez com que eu olvidasse o sumiço. Também me muni de *alfajores* e de *dulce de leche* Havanna.

No táxi, rumo ao aeroporto de Ezeiza, deixei-me estar no banco de trás, despedindo-me do rosário de sobejas decisões e da loucura. No rádio, os acordes do *Invierno porteño* começavam.

O FOGO

A paixão e a ratoeira

Aos finais de tarde, sempre, ela regava suas plantas com um sentimento enfim pacífico. As coisas voltavam a precisar de sua presença, e ela, sem cansaço, detinha-se na experiência renovada de amar algo que vivia. A água saía em jorros da mangueira, fazendo dançar as petúnias, rosas, margaridas e jacintos. A terra, nessa graça, exalava o cheiro perfeito. Ela se bendizia nas emanações perfumadas e no estremecimento das pétalas. Um que outro carreiro de formigas era arrastado pela força do jato, único momento em que a maldade lhe vinha. Não tinha amor pelos insetos, cujo trabalho era destruir o que ela fertilizava. Por isso, desorientava-os. Só por isso.

Naquela noite de abril, as flores em sua pompa perto da vidraça, a sala de jantar estava tranqüila, o lustre iluminando com energia o ambiente. O sereno cheio de fragrâncias não era perigoso, mas a maneira como as pessoas se reuniam em torno da mesa tornava arriscado tudo o que não fosse uma noite fresca de abril. Depois de muitos anos, a cena se compunha de abastança: os filhos, o marido, a avó, a sopa, o arroz, os bifes. Ela sabia, e só ela sabia, o quanto custara a paz, noites intermináveis numa inquietude que lhe comprimia o próprio coração. O único momento de se deslindar dos suplícios era o arranjo do jardim, as mudinhas inocentes prometendo o desdobramento colorido. Durante a época de fazer florescer uma família, preocupara-se com o desnecessário, como se ali, no seio do supérfluo de plantas e raízes, residisse o segredo da bem-aventurança. Construiu, assim, a família e o jardim ao mesmo tempo. Mas isso havia sido antes.

Depois da janta, foi cada qual para seu quarto. A velha estendeu-se na cama, satisfeita com seu caldo e seus comprimidos. Os meninos puseram pijamas e apagaram a luz. O marido adormeceu com uma revista entre as mãos. Ela, no entanto, ainda sem sono, aspirava a umidade cheirosa.

Foi quando ouviu um ruído que vinha da sala. Ou do jardim, não sabia ao certo. Virou-se para o lado, abraçando o travesseiro. Novamente o barulho, e, dessa vez, tinha certeza, vinha da sala. Pensou em acordar o marido, em dizer que alguém ou alguma coisa estava na casa. Mas ele dormia, tragado pelo próprio sono. Acendeu a lâmpada de cabeceira e, dando de mão no chambre que descansava aos pés da cama, levantou-se.

Entrou num mundo penumbroso, o corredor imerso em escuridão plena. Parou ali um pouco, esperando. Ouviu de novo, e o ruído era minúsculo, pequeno mesmo. Tateando as paredes, vendo com as mãos a aspereza da pintura sobre o reboco, chegou à sala. Alguma claridade vinha da rua, insuficiente no entanto para que pudesse enxergar. Ao lado da cristaleira, descobriu o interruptor. Luz.

A sala iluminada e quieta. Havia só o completo silêncio, um silêncio que era ainda mais pungente por causa do rocio perfumado que se anunciava em sua natureza de coisa úmida. Nenhum barulho, barulho nenhum, portanto. Já ia dando volta no corpo, já ia abandonando a sala em sua organização apaziguada, em sua espirituosa elegância, quando ouviu, de novo, o pequeno ruído. Não era barulho que gente fizesse, e ela se espantou que pudesse tê-lo escutado ainda do quarto. Mas ele estava ali, bulindo o sossego, anunciando que algo clandestino à casa se movia. Mas o quê?

Deu volta no sofá e olhou a mesa de jantar. O vaso de cristal, o trilho de crochê, as cadeiras, tudo em harmonia sonolenta. Mas de novo o ruído, e era como o atrito de coisa áspera contra coisa áspera. Foi quando, apurando os sentidos ao máximo, olhou para baixo, para o pé da mesa. Viu.

Um rato.

Talvez não um rato, mas um camundongo. Desorientou-se e decidiu chamá-lo rato, desconhecendo o perigo de nomear as coisas. Fosse o que fosse, era um bichinho quase frágil em sua pequenez invasora. E o rato estava parado junto ao pé da mesa. Parado, com as orelhinhas em pé; as vibrissas nervosas, só o que se mexia naquele corpo imóvel. Ela teve vontade de desatar a correr, de chamar o marido, os filhos, a mãe. Mas todos dormiam, todos na paz própria e arrasadora do sono. Sua paz era interrompida pelo usurpador.

Olharam-se os dois, rato e mulher, e os olhos de ambos brilharam de asco. Era caso, sim, de chamar os da casa, despertassem, viessem, havia ali um ser cujos olhos brilhavam de asco. No entanto, a visão. No entanto, a delicadeza de coisa viva.

Por isso. Ser vivente, olhos, asco, o rato era a ameaça, deu-se conta logo, o rato roendo o subterrâneo intestino da casa, o pé da mesa, das cadeiras, do sofá, das poltronas, o rato alimentando-se do que ela fizera casa e lar; do que ela fizera fértil. Olhavam-se os dois ainda, e o nojo cresceu nela, insuportável. Pensou rápido, a tempo, antes que os olhos vivos lhe ensinassem a caridade súbita. Assim, antes de se afeiçoar ao rato, ela, que por acaso o batizara rato, pensou que deveria matá-lo. Mas como?

Lentamente, desgrudando-se daquele estado ruim, caminhou até a cozinha. Os chinelos, arrastava-os, adoçando os passos: urdia. Ouvira histórias de ratos que roíam partes de pessoas, pés mãos infantis dilacerados pelo rilhar dos dentes; roíam também concreto, madeira, plástico, qualquer material que lhes estivesse adiante. Uns demônios, os ratos. Era preciso eliminá-los, porque se elimina a peste, porque se elimina tudo o que é diabólico.

Na cozinha, procurou por algo que não sabia. Baldes, bacias, rodo, a pá de recolher o lixo, tudo pouco apropriado. E se ela tivesse um gato? O gato, o bote, o rato entre os dentes possantes, o orgulho caçador mostrando a presa ao dono. Mas não havia gato, não havia bicho nenhum. Havia a vassoura de cerdas de piaçaba, cerdas duras, hirtas, cerdas que eram agora sua arma. Sua arma de maldade contra o rato.

Voltou à sala, vassoura em punho. Um tremor avisava que nem tudo seria simples, que o ato de matar constituiria uma desobediência ao mando maior. No entanto, também se embriagava de alguma satisfação, como quando aniquilava os carreiros de formigas com o jato da mangueira. Poder de vida e de morte, e ela, naquela noite olorosa de abril, tomou consciência de que iria matar.

Deu volta na mesa, o passo mais miúdo que conseguia, o andar leve de quem espreita a presa, de quem tem certeza do poder. Lá estava o rato, ainda imóvel, como se fizesse parte do tapete. As mãos suavam, os pés suavam, toda ela em máxima tensão, os nervos feitos cordas. Os dois voltaram a se olhar, e ela sentiu medo do rato. Ou sentia medo do quê?

Segurou-se com ambas as mãos ao cabo da vassoura, erguendo-a acima da cabeça. Um só golpe, pensou, um só golpe e pronto, adeus rato, adeus demônio, adeus praga. Mas os olhos do animal eram incisivos e havia tanta vida neles que ela desfez o gesto sem nem pensar. E por que ele não fugia?

Mas não, o que ela chamara de rato continuava lá, ao pé da mesa, numa majestade de estátua, a pelagem escura e cinzenta, os olhos prenhes de uma existência que ele não merecia. Não merecia existir, não merecia sequer sua piedade, sua súbita misericórdia, não merecia seu amor pelas coisas que viviam. Voltou a erguer os braços, levantando a vassoura acima da cabeça, as mãos ganhando potência, o corpo tremendo de tanta força. Virou o rosto, não queria ver o rato em sua morte.

Um barulho seco, um plaft de coisa que se projeta ao chão com muito impulso. Estava morto?

Com remorso, levantou a vassoura. Lentamente, muito lentamente. Ali estava o corpinho ladeado, as patas recolhidas junto ao ventre. Estava morto?

Mas ele ergueu a cabeça e insultou-a com o brilho de um olho só. Estava vivo, não se consumira com o impacto, os ossinhos maleáveis, o corpo acostumado a espremer-se por frestas. Machucara o rato, era certo, mas o rato não fugia, o rato sequer se mexia; o rato a olhava com o brilho ciclópico de um olho só.

E foi então que ela teve irreversível pena do rato moribundo: um dó. Era misericordiosa, e o calmo horror vivo atiçava os sentimentos de que era feita. Tomava consciência dela e do rato — ainda vivo — assim como quem toma consciência súbita de um sabor, o mesmo gosto da fruta verde entre os dentes. Logo ela, que antes precisava de tempero para tudo, e era assim que transpunha a coisa e sentia o gosto do tempero. Mas agora havia o sabor da fina morte, vivificadora, que lhe havia feito manusear o proibido. Ela aguardava que a estranheza passasse, que a saúde viesse lhe compor. Queria ir-se embora dali, daquela piedade e daquele gosto horrível das coisas sem tempero.

Mas o rato mexeu as patinhas, como querendo sair daquele estado, como querendo reagir. Ela, em sua piedade, pensou que, talvez, pudesse ajudá-lo; pensou que o rato não escolhera estar ali e que portanto errara sem intenção; pensou, porque era mãe de filhos, porque era filha de mãe, porque era esposa de um homem, que o rato fora parido, que aquele rato mamara na teta de uma rata, que sua mãe-rata roera o subterrâneo intestino de uma casa, de sua própria casa, que escapara de um gato, que escapara do inferno humano, que escapara das ratoeiras, arapucas, venenos, que escapara de tudo para dar de comer e dar uma vida a seus filhotes.

Ela continuava ali, vendo o desespero do rato, pensando na família-rato, na mamãe-rato, no papai-rato, nos filhinhos-rato, aguardando que aquela estranheza passasse, que a saúde voltasse. Sentia-se zonzeada, como num exame em que se olha com esquisita atração o sangue chupado para dentro da seringa, esperando que aquela hora se esgote, que a vida continue sem a partícula de existência que se entregou ao êmbolo. O rato, já naquela hora, era o sangue chupado para dentro da seringa.

Largou a vassoura no piso com cuidado. Ao olhar a miséria da criaturinha, teve o sentimento do quanto custara organizar o jardim e a casa. O rato era uma ameaça, assim como tudo era uma ameaça. Porém, ao ver o desespero do rato, ao percebê-lo na igualdade de mamífero, algo se partia.

Ela ainda imóvel, amarga, transida. E o rato ainda se debatendo, tentando pôr-se de pé, o olhinho único delatando o instinto: uma exorbitância, uma orgia, uma grandeza por demais — a matéria viva sempre maior do que a vida individual. Cheia da surpresa, pegou do chão a vassoura.

E bateu bateu bateu no rato.

Bateu tanto, com tanta força titânica, o rato se contorcendo, bateu tanto, as patinhas buscando refúgio no ar, bateu tanto, os guinchos de desespero silvando na sala, bateu tanto, o rato agrupando os membros como se fosse um feto, bateu tanto, até que os olhos se fechassem, bateu tanto, até que as vibrissas se aquietassem; bateu bateu bateu, até que a luxuriante pelagem cinzenta se tingisse do vermelho do sangue chupado para dentro da seringa.

Depois, porque fizera o ato proibido de tocar no que é imundo, depois que a vida rebentou como uma represa incontida, depois foi para o quarto. Por isso e só depois.

Aconchegou-se ao marido, sentindo, como indulgência, o calor de ser vivo. O sereno úmido já era uma irrealidade que ficara do lado de fora da casa, junto ao jardim, penoso e diligente, petúnias, rosas, margaridas e jacintos. Pensou que, no dia seguinte, ao final da tarde, as coisas voltariam a precisar de sua presença, ela voltaria a regar as plantas, ela voltaria a amar as plantas, ela voltaria a fertilizar as plantas. Mas nunca mais, prometeu-se, nunca mais voltaria a arrasar os carreiros de formigas com o jato da mangueira.

A fome e a vontade de comer

Para Geni Moscovich

Paracelsus was a student of Correspondences: 'As above, so below.' The zodiac in the sky is imprinted in the body. 'The galaxa goes through the belly.'

Jeanette Winterson

Caldos, bifes, purês, tudo a pequena Ana recusava. A mãe, cozinheira de mão cheia, gastava horas na cozinha: *kneidlech*, *guefiltefish*, *varenikes*, as mais trabalhosas iguarias que só uma iídiche mame em seu desvelo é capaz de elaborar. No almoço, entretanto, só a cara de nojo da filha. Um desgosto, ainda mais que comida era coisa sagrada. E cara: o dinheiro da família era sempre bem escasso devido aos minguados vencimentos do pai.

Ana cresceu magrinha, portanto, a pele sem cor, desconsiderando, cabalmente, as súplicas sofridas da mãe. Mas cresceu. Arranjou um emprego, ainda que modesto, e saiu da casa paterna, sob protestos chorosos, a pretexto de morar mais perto do trabalho, assim não gastava em condução. Muito embora o pai argumentasse feericamente que seria mais econômico se Ana continuasse vivendo com a família, a moça alugou um apartamentozinho barato, sala-e-quarto. Endividou-se; com certo orgulho pela nova independência, querendo livrar a família de mais despesas, ia comprando em prestações o essencial para a nova casa. A geladeira, no entanto, pouco era usada, pura e fria desolação; os armários da cozinha feito ocos e escuros buracos.

No trabalho, os colegas logo descobriram que Ana era uma dessas pessoas a quem, não sem certa amargura e inveja, se deve chamar de inapetente. Com ela era assim: um suco pela manhã, uma salada no almoço; não raro, se esquecia de jantar. Por conseqüência, e disso também todos ficaram sabendo, era inábil na cozinha. Não gostava de comer, não gostava de cozinhar, e ponto. Chegou a ganhar fama. Para Ana, tudo estava muito bem como estava, não tinha importância que zombassem dela, comida e panelas nunca foram mesmo seu forte. A única lástima que lhe restava era a de não ganhar o suficiente para ajudar os pais.

Mas, uma noite, sonhou que preparava feijões. Picava as cebolas, esmagava os alhos com a faca, cortava os pedaços de toucinho, as mãos luzindo da gordura, a manta branca envolvendo a fina camada de carne, doando-se em sua exuberância de coisa adiposa. A seguir, reunia paios e lingüiças, passava-os por água fervente, colocando-os na caçarola de ferro — imensa. Lá dentro, os feijões borbulhavam no líquido negro e espesso, cada vez mais espesso, e o aroma da substância invadia a cozinha. Depois, obedecendo a alguma ordem subterrânea, na qual a vida também era sucessiva, punha-se a comer, prato fundo e colher, como uma desesperada.

Despertou em meio a suores, com o abdômen distendido e rijo, um enjôo revoltava-lhe o estômago. Sentia na boca as ardências dos temperos, a língua pastosa das gorduras. Arrotos e flatulências acompanharam-lhe a manhã, e ela se sentia lenta e pesada, como se, durante a noite, houvesse partilhado a mesa de Pantagruel.

Na noite seguinte, sonhou com macarrão. Primeiro o molho: fritava o guisado numa panela alta, punha as folhinhas de louro, sal, pimenta, manjerona, salsa, os tomates sem pele, a carne desprendendo o suco precioso, adquirindo aos poucos a cor violenta dos refogados. Em outra panela, era cozer a massa. Despejava o azeite, a fervura fazia dançar a mistura de água e óleo, tudo para receber as hastes de macarrão, a massa dócil vergando-se ao contato com o líquido que ebulia, os fios revolvendo-se no cozimento. Depois, cronologia dos fatos, punha-se a comer feito uma condenada.

Pela manhã, todos os incômodos do dia anterior, gases, queimores, uma sensação de profundo mal-estar. O estômago, em evoluções muito esquisitas, emitia ruídos aquosos e revoltados, que acabavam por levá-la às pressas ao banheiro.

Foi daí, e só no segundo dia, que ela teve consciência de que algo — talvez perverso — estava acontecendo. Contou a história, constrangida, a um colega de trabalho. O rapaz achou aquilo tudo um despropósito e sentenciou que ninguém podia ter sonhos tão nítidos e de efeitos tão devastadores, tudo era mero excesso de imaginação: ela falava da *memória* dos sonhos, e não dos sonhos propriamente ditos. Em suma: a comilança era matéria de ficção, ela se impressionara com alguma coisa, decerto com a própria mesquinha inapetência.

Mas os sonhos continuaram, cada vez mais claros, cada vez mais deletérios. Resolveu telefonar para a mãe, perguntando o que deveria fazer. A mãe estranhou a doidice, principalmente a parte das receitas, que Ana declinava tintim por tintim. Estranhou, muito em especial, o preparo do feijão, com aquela opulência de paios, lingüiças e toucinhos: mas e desde quando ela comia carne de porco? Ana tentou explicar-se, mas se era sonho, se não *comia* de verdade, se não tinha nenhum controle, se passava mal ao despertar? E, pior do que tudo, estava engordando.

— Engordando? — exclamou a mãe, entre espantada e feliz.

Ana respondeu que sim. Desde que aqueles desvarios começaram, já quase uma semana, devia ter aumentado uns dois quilos. A mãe suspirou: como ela estava engordando, não era doença, nada com que se preocupar, uma bênção, a gordura. Se ela não comia quando era pequena, que ao menos comesse agora, mesmo que em sonhos. Pediu desculpas para a filha, estava de saída, ia levando um chá para a dona Dora, a vizinha, aquela que tinha neurose de guerra, estava gripada, a pobre não contava com quem lhe alcançasse um mísero copo d'água, os filhos podiam às vezes ser muito ingratos, ah, e falando em ingratidão, ela que viesse almoçar no domingo, já havia duas semanas que não dava o ar da graça, além do mais o pai andava preocupadíssimo, muito mais do que de hábito, estavam devendo uma fortuna para o português da farmácia e para seu Jacó do armazém, Deus tinha de olhar para baixo ao menos uma vez nessa vida. A filha alarmou-se, algo tinham de fazer, o português e seu Jacó bem que podiam esperar um pouco, o salário estava por vir, descontando o aluguel e as prestações talvez sobrasse alguma coisa, uma vergonha ficar devendo para os outros, ainda mais para um patrício. A mãe foi singela e rápida:

— O Senhor há de prover. — E desligou.

Ana desorientou-se. Não bastassem seus tormentos noturnos, ainda precisava, mais do que nunca, ajudar seus pais. Mas como? Como, se o aluguel engolia quase todo o salário, se devia ainda mais duas parcelas do sofá da sala? Suas noites passaram a ser de redobrada angústia, as preocupações e os medos multiplicados. Desperta, maquinava em como conseguir dinheiro; dormindo, aqueles sonhos pavorosos se repetiam. Passou a ler até altas horas, tentando não pensar, tentando não pegar no sono. Lia, lia, lia. Mas, vencida, acabava adormecendo. E sonhando: quiches, panquecas, tortas, rocamboles, suflês. Um horror, oito horas exatas de inferno gastronômico, e sem um tostão a mais no bolso.

Uma manhã, depois de uma tainha estofada com ameixas e alcaparras e de uma farofa de nozes e cerejas, ela teve a idéia. E se procurasse o rabino?

Pois o rabino era um homem baixo, de ventre protuberante e olhos espertos. Fez com que Ana sentasse. Ela acomodou-se na poltrona, meio sem jeito, sentindo a saia ajustada demais à cintura. Ele, com uma docilidade bíblica, perguntou o que a trazia ali. A moça respondeu, tentando atenuar os acontecimentos, que andava sonhando coisas esquisitas.

— Que tipo de coisas? — a curiosidade do rabino fora atiçada.

— Comida.

O sábio homem remexeu-se no sofá: não havia nada de mais em sonhar com comida. Aliás, não havia nada de mais em sonhar, os sonhos eram reflexos da atividade do dia, estava no Talmude. Ana tentou ser mais explícita: nunca gostara de comer, não sabia cozinhar e sonhava que comia feito uma condenada e que cozinhava como se fosse uma *expert*. E ainda tinha coisa pior:

— Na receita de feijão, coloco carne de porco.

— Porco? — o rabino enojou-se.

— Paios, lingüiças, toucinhos.

Ele achou que era mesmo uma abominação. Mas se aquilo só acontecia em uma receita e ela não chegava realmente a comer porco, não tinha muita importância. Todo o caso, aliás, não devia ser levado em conta. Sonho era sonho, tudo ia passar. Era só caso de desligar-se do assunto. Ana não teve coragem, nenhuma, de contrariá-lo; manteve-se calada, tentando conter um arroto.

Ao sacerdote, então, ocorreu a paciência e a piedade de contar-lhe uma história: José, o iluminado que fora vendido ao faraó do Egito pelos irmãos. Ana interessou-se, sentando-se, excitada, na beira da poltrona. A saia continuava apertando-lhe a cintura. E daí?, quis saber ela, incitando o religioso a prosseguir. Daí, ele continuou, José sabia interpretar os pensamentos que o sono trazia. Desvendou os sonhos do faraó, aqueles de que todos os sábios da corte não alcançavam o sentido. Ela não pôde conter a pergunta: que tipo de sonho? O rabino respondeu:

— Você deve se lembrar: o das vacas gordas e o das vacas magras.

Ana ajeitou a saia, que deixava entrever as coxas já roliças; recordava-se vagamente, mais ou menos, como era mesmo? O estudioso foi adiante:

— Pois as vacas gordas eram os sete anos de prosperidade que abençoariam a terra do Egito. As vacas magras simbolizavam os anos de penúria que se seguiriam.

Sim, ela agora era capaz de recompor na memória os prodígios: a abastança e a escassez, um aviso divino que só uma mente dotada podia alcançar. José, o iluminado.

O rabino perguntou se era tudo. Ela respondeu que também estava preocupada com os pais e com a falta de dinheiro. O santo homem tranqüilizou-a, aqueles não eram tempos fáceis para ninguém, o Senhor haveria de prover, confiasse na Providência, a mão esquerda tira, a mão direita dá. Fez questão de acompanhá-la até a porta.

Ana foi-se embora, pensando naquilo, na Providência e nas vacas, gordas e magras. Mas, afinal, o que seus sonhos, onde vacas só apareciam em bistecas e costelas, queriam dizer?

No domingo, na reunião de família, todos a acharam bem, corada e forte, sinal inequívoco de saúde. O pai, um pouco abatido, queixou-se do dono da farmácia, um português muito do comerciante, e de seu Jacó, um desalmado que vivia cobrando as dívidas, um atrasozinho não ia tirar pedaço deles dois, mas tudo ia passar, era hora do almoço, que comessem em paz. No entanto, com as glutonarias da noite anterior, Ana não tocou em nenhum dos quitutes da mãe. Havia sonhado com uma torta de alho-poró, feita com massa podre e queijo cremoso. Contou em detalhes a receita, e o pai se surpreendeu que a filha pudesse recitar tal quantidade de ingredientes e modos de preparo. A irmã mais velha maravilhou-se. Ainda mais quando Ana contou da visita ao rabino e da história das vacas gordas e das vacas magras.

A primeira a ter a idéia foi a mãe. Vacas gordas, aquele era o sinal. Vacas gordas. E ergueu as mãos para o alto, exclamando-se, dramaticamente, em iídiche.

Ana a princípio não quis nem saber, mas compreendendo aos poucos, aos poucos se dando conta do que acontecia, cedeu aos misteriosos desígnios e aceitou a proposta da família.

As dívidas com o português da farmácia e com seu Jacó foram quitadas, não devem nada a ninguém, benditos sejam os Céus. Ana continua a engordar a olhos vistos, mas parece não ter mais incômodo com o estado obeso. Tampouco se importa de chegar estremunhada ao novo trabalho: as atividades começam muito cedo, pela manhã. Já contrataram duas auxiliares, e o restaurante, instalado no miolo do Bom Fim, prospera celeremente, filas e filas de patrícios ávidos pelas maravilhas. Não usam carne de porco, nenhum animal que a Lei condene, nenhum tipo de alimento que o Livro abomine. Estão ganhando rios de dinheiro. Rios.

Mas economizam centavo por centavo. Aquela coisa de vacas gordas e de vacas magras. Sabe-se lá.

Morte de mim

Pois eu, no instante, invejava as ambas categorias: os mortos, por se aparentarem à perfeição dos desertos; os nascituros, por disporem do inteiro futuro.

Mia Couto

Naquela noite, portanto, as horas me percorriam. O calor de janeiro fazia desaparecer, lentamente, os cubos de gelo no copo, gelo querendo ser água, as coisas querendo persistir em seu estado, tudo retornado à própria matéria ancestral. Eu, inerte, assistindo ao espetáculo da dissolução, coisa atraindo coisa, até que nada restasse, exceto o suor do copo — água — na superfície transparente.

Foi quando ela veio. Era uma mulher de olhos negros e úmidos, o corpo esguio, sem nenhum outro sobressalto além dos seios e das nádegas que se insinuavam sob a roupa escura. Entrou, assim, naturalmente, eu não sabia por onde, mas não era caso de inquietar-me. Quis avisar que estava enganada, aquele não era o endereço que lhe cabia. No entanto, seu silêncio bem me alertou que ali se estava a deliberar sobre algum destino. Meu destino? Mas e de quem mais?

Sentou-se numa das cadeiras da sala, junto à mesa sobre a qual pendia a única lâmpada. A luminosidade fraca pintava-lhe as faces de cores irreais, embora eu soubesse que era o mais real e inelutável dos seres, aquele que sempre chega aos vivos. De súbito, colocou o rosto entre as mãos, e percebi que desandava num pranto novo e doloroso. Talvez chorasse pela ingrata missão, que era a de ser indesejada entre as gentes. O medo que lhe têm faz parte do miolo da vida, e quis consolá-la, estreitando-a junto a mim, num afeto que me surpreendeu. Invertidos os papéis, ajoelhei-me, acomodando a fronte em seu regaço, que transpirava um evanescente perfume de flores, mal e mal se percebia. Sentindo os dedos frágeis nos cabelos, entendi que me ligava à intrusa num amor recém-descoberto, e era como se a quisesse desde tempos imemoriais, desde o tempo que a vida e seu desenlace foram criados. Eu a amava, quis dizer-lhe isso, talvez pudesse ajudá-la, e ajudar-me. Mas o amor se trai no gesto, e eu me sentia já traída. Calei-me.

Foi quando ela se ergueu, lenta e suave, e caminhou pela sala; os pés sequer tocavam o piso, peso de plumas. Os dedos passearam pelos móveis, num afeto mole, até que o passo cedeu e ela encompridou a mirada em minha direção. Dois círculos cinzentos emolduravam os olhos, denúncia do pranto a que recém se entregara; as pupilas retiniam, pequenas florações no rosto descorado. De pé, ainda, contou-me sua história remotíssima, variantes da verdade que me davam o prazer do fingimento. Simulei acreditá-la, estimulando-a na fantasia. Horas a fio, como um infante, sempre a pergunta: e depois?

Depois, como se a isso tivesse vindo, aproximou-se de mim, eu que continuava sentada no parquê, braços apoiados no assento da cadeira, face descansando sobre o dorso das mãos. Afagou-me novamente os cabelos, no mesmo descompromisso com que acariciara os móveis. Ajudou-me a levantar e segurou meu rosto, os dedos pressionando as têmporas, eu em entrega, o tempo imóvel ou escoando-se na lentidão da noite quente e no contato da pele morna.

Não era medo o que eu sentia; era puro fascínio, pois a amara de chofre. Porque ela me sabia, beijou-me os lábios miudamente. Sua boca era gelada, eu já antecipara. E como repetíssemos algo de que fizéramos costume, pegou de minha mão e levou-me até o quarto. Sentei na borda da cama e admirei-a. Despiu-se, revelando uma nudez de anjo. Fantasmagoricamente bela, linda como a aparição que era. Veio até mim e apertou meu rosto contra o ventre, rijo como pedra, caroável em seus muitos músculos. Subi-lhe os dedos pelas coxas, a carne tenra oferecendo-se, o perfume evanescente de flores. Tinha poucos pêlos, sempre a carnação branda e lisa, sempre, e sempre aquela fragrância que deveria ter vindo de algum paraíso. Céu e terra se encontraram quando estirou o corpo sobre a cama. Eu ali, parada, minha mão ainda queimando do contato cândido, as narinas impregnadas com o aroma selvagem. Deitei-me sobre ela, esmagando os seios mimosos contra os meus, a corte celeste pairando sobre o retângulo dos lençóis. Procurou-me a boca com a boca fria, a língua evoluindo em torno da minha, os dentes chocando-se vez que outra no sem pressa que antecede a fúria dos amores. Abracei-a, respeitando a compleição de coisa sobrenatural; abracei-a e quis estar com ela assim até que viesse o desígnio que iria me tocar no fim de meu próprio tempo. No entanto, ela se inquietava, a pele incendiando-se no que era tíbio. Beijei-lhe a glória dos ombros, o torneado exato dos seios, afundando-me no ventre cheio de promessas. Foi quando encontrei o aroma de leveduras, ácido, mas, ainda assim, doce e desejável. Esqueci-me e quis morrer no meio de suas pernas, duas colunas, amimando-a, locupletando-me no visgo transparente, indício do desejo que brotava e que estava ali, à superfície. Ela se diluía sem cor, borbotões copiosos, água abençoada dos seres, eu e ela querendo ser o que sempre fôramos, poços fundos de anseios, matéria ancestral dos indivíduos, parte indivisível da humanidade. Eu nascia dela; ela, um pedaço fraterno de mim. Ouvi a respiração dificultosa, o tronco alteando-se em contrações, as coxas abraçando-me a cabeça com fúria de desespero. O prazer tornava-a, enfim, humana, ela, a súcuba mensageira, e eu sabia que se gratificava com isso. A mim bastava que submergisse em si mesma; eu me afogava no meu futuro, aquele que iria me caber. Agora eu sabia.

Quando percebi que se aquietara, subi a mirar-lhe as feições. Os olhos estavam cerrados, os círculos cinzentos se haviam ido, a tranqüilidade irmanava-a às esferas distantes. Os braços pendiam para fora da cama, abertos como uma crucificação sem sofrimento. Voltei a deitar sobre ela, senti-lhe as mãos nos ombros e nas costas, as pernas que enlaçavam as minhas, a tepidez aquosa do sexo: revivia. E, nessa ressurreição, contagiava-me com o sopro inicial. Rocei-lhe o ventre e as coxas, estros pulsáteis, primeiro com candura, depois com a urgente premência, mais, mais, até a desmedida. Veio o tempo de meu falecimento, e os lábios frios tocaram os meus quando já me estava indo. Beijou-me na hora de minha pequena morte.

Depois, porque houve um depois, vestiu-se lentamente, as roupas avaras escondendo o corpo de demoníacas volições. Tentei mantê-la um pouco mais em meus domínios, quis que me contasse sua antiga história, que me desse o gosto do fingimento; perguntei-lhe: e agora? Mas ela sequer respondeu. Eu tinha consciência de que sentiria mórbidas saudades quando partisse, o amor não cumpre na hora seus deveres. Foi-se, assim como veio, em passos líquidos, mal e mal tocando o chão.

Inútil foi a espera nas noites que se seguiram. A intrusa não mais me surgiu, e me comprazia a evocá-la em pensamentos nas horas tardias, as mãos nos nervos dos seios, os dedos em mim como se fossem os dela. Entendi, com o passar dos tempos, que não era sobre meu destino que se deliberava quando ela apareceu por ali. Não viera por mim, senão que estava de passagem, ato transitivo de ponto a outro. A meio caminho em busca de alma alheia, viera propiciar-me o prazer do corpo e o beijo frio, apenas isso. E avisar-me que as coisas retornam sempre a seu estado ancestral.

Eu, depois disso, na certeza do amor pela morte que viria, passava as madrugadas inerte, as horas me percorrendo, assistindo ao espetáculo da dissolução, coisa atraindo coisa, até que nada restasse, exceto o suor do copo — água — na superfície transparente.

Capitão Birobidjan

Para Moacyr Scliar

Parada cardíaca. Saímos todos correndo, máxima urgência. A maca está no meio do corredor. Estaco e não posso acudir: o rosto do homem doente paralisa-me. Há outros médicos; um deles, residente, sobe na maca e tenta massagear o tórax. Eu, basbaque e imóvel.

Parar, olhar dos dois lados, direita, esquerda, e só então atravessar. Não que a esquina da Oswaldo Aranha com a Ramiro Barcelos, naquela época, fosse movimentada. Que nada: alguns oldsmobiles, austins e citroëns, um movimentinho mixuruca. Além disso, os choferes de praça que faziam ponto do lado oposto ficavam me dando instruções: mãos espalmadas — eu deveria esperar; indicador batendo sobre a pinça formada pelos dedos anular e polegar — eu deveria apertar o passo. Por anos seguidos, meu horário era sempre o mesmo, o final da tarde, e também sempre trazia espremidas algumas notas de dinheiro entre os dedos, porque meu destino costumeiro era ou o armazém do seu Isaac — arenques e azeitonas — ou a padaria Santa Isabel — pão, ora essa —, ao lado d'A Preferida, o armarinho do Capitão Birobidjan. "Seu Mayer", insistia em corrigir meu pai, que ficar chamando o Capitão de capitão era uma desumanidade com a família Guinzburg, embora o Bom Fim inteiro o conhecesse pelo epíteto militar. Mas, para mim, tanto fazia: o Capitão era meu amigo do peito e nunca se incomodou que eu o chamasse pelo título emprestado. Antes de comprar a bengala de meio quilo ou um daqueles peixes defumados de pele brilhosa e expressão tansa, entrava na loja. Àquela hora, a esposa do Capitão já tinha saído para preparar a janta da família. Encontrava-o lá no fundo, entre peças de fazenda e caixas de retroses, retalhos de percal, cadarços e elásticos; na semi-obscuridade, o Capitão parecia flutuar, os olhos mortiços dispostos em algum lugar do nada, e o único ponto de contato com o mundo eram os cotovelos ancorados sobre o balcão. Ao me ver, o corpo magrelo e frágil animava-se, e a expressão ganhava cores. Chamava-me "companheira", uma esquisitice que custei alguns anos a alcançar; beijava-me o rosto aos estalos e me punha sentada num mochinho de madeira gasta. Havia ocasiões nas quais reclamava de uma opressão no peito, uma queixa miúda, que eu ainda não podia entender, mas que me dava imensa pena. No mais das vezes, desatava a falar de Nova Birobidjan, uma colônia coletiva, o lar que ele queria construir para os trabalhadores judeus, "de ricas terras negras e de verdejantes florestas". Verdejantes florestas, que deveriam ser, por aí, umas duas vezes maiores do que o Parque da Redenção. Mostrava-me um álbum com desenhos seus, que me atraíam pelo nervoso dos traços, chamado por ele de *O exército de um homem só*. Lembro-me de alguns: uma casa muito grande, com larga porta e muitas janelas, rodeada de matos e nascentes; à frente dela, tremulava num mastro uma bandeira branca, com as iniciais "N" e "B" entrelaçadas a um arado, uma enxada, um telescópio e algumas outras coisas das quais não guardo lembrança. "A bandeira de Nova Birobidjan", explicava-me, eletrizado. Outro desenho mostrava o próprio Capitão, muito jovem, de botas, blusão de couro gasto, manta cinza enrolada no pescoço e um boné sobre a cabeleira revolta; a mão estendida parecia mostrar algum rumo a seguir, "o caminho para a construção de uma nova sociedade". O melhor era quando ele declamava, de cabeça, trechos do *Livro dos piratas*, de Antônio Barata ("Flutuava imóvel, meio afogado...") ou alguns versos de Walt Whitman ("Pioneiros! Ó pioneiros!"). Nessas ocasiões, eu sentia um pouco de medo porque parecia que ele ia explodir de tanto brio, o rosto voltado para as prateleiras, olhando, heróico, as cestas de retalhos. Vindos do nada, de lugar nenhum, tinha a impressão de escutar impossíveis aplausos. Aplausozinhos, melhor dito, como se provenientes de mãos minúsculas e invisíveis. Eu saía de lá com o som dos clape-clapes ecoando na cabeça, encantada com aquilo, a ovação discretíssima. Aplausos, aplausos. Capitão Birobidjan.

Quando nasci, Mayer Guinzburg já era taludo, já era casado, já era pai, já era dono d'A Preferida e já tinha a fama de esquisito. Me fiz gente escutando as histórias do Capitão, quer dizer, do seu Mayer. Por causa de uma insistente inapetência e de um exótico desejo do menino, até carne de porco serviu-se num jantar, acontecimento asqueroso e execrável em qualquer casa judaica. Havia, também, um outro relato, igualmente impressionante, que dava conta que Schil, o pai do Capitão, quer dizer, seu Mayer, desesperado com as manias do filho, tivera um encontro no aeroporto com Dr. Freud, o do charuto, que estava de passagem rumo a Buenos Aires. Como foi a tal sessão, nunca soube direito, e, os anos separando joio e trigo, passei a crer que tal consulta meteórica e excêntrica nunca tivera desenlace lá muito feliz — principalmente porque, no aeroporto, não existiam divãs e porque o paciente ficara em casa. Mayer, de acordo com algumas de minhas tias, era um imprestável, incapaz sequer de proporcionar à família uns dias em Capão da Canoa. Segundo alguns de meus tios, ele era um revolucionário bobalhão, um louco de dar nó, *mischigne*, para usar o justo termo em iídiche. Meu pai se constrangia com tais maledicências e dava jeito de louvar a árvore, perdoando-a pelo azedume de seus frutos: repetia sempre que Schil Guinzburg era um "bom judeu". Eu, claro, mesmo sem entender muito bem, me solidarizava com o Capitão — vá lá, seu Mayer —, ele só queria um lugar digno para os trabalhadores judeus, os "companheiros", que seriam felizes para sempre naquele lugar chamado Nova Birobidjan. Que mal havia?

O tempo, o implacável, e passo a contar o que se segue com algo de pressa, porque o mundo começou a girar mais rápido, tanto que o ponto de autos de praça na esquina da Ramiro Barcelos desapareceu sem mais aviso. Numa tarde de inverno, depois de parar, olhar dos dois lados, direita, esquerda, e atravessar, com sebo nas canelas, a Oswaldo Aranha, encontrei A Preferida fechada. Só isso: fechada. Preocupei-me, aquele troço que meu amigo sentia no peito, será que algo tinha acontecido? Corri até o Bar do Serafim e perguntei pelo Capitão, queria dizer, pelo seu Mayer. Um dos patrícios contou que o Capitão Birobidjan — risos generalizados — ia montar uma construtora. Construtora? Comprei pão e voltei para casa. Mas e como é que ele não tinha me avisado?

Como já disse, o tempo, o implacável. Quase um ano que não via o Capitão e, caridade da infância, nem mais pensava nele. O colégio me tomava grande parte do tempo e das preocupações. No Bom Fim, os edifícios começaram a se multiplicar. Mayer Guinzburg os construía em grandes séries. Meu pai comprou um apartamento no "Jeremias", da série "Profetas Maiores". Poucos anos depois, soube que o Capitão, homem rico em que se havia transformado, arranjara uma amante e que rompera com a família. Óbvio, o assunto era proibidíssimo em minha casa, mas comentado aos cochichos durante os intervalos das aulas do Israelita. Desgraça puxa desgraça, e uma das obras do Capitão desabou. Como nos castelos de cartas, veio por água abaixo, também, paulatina e cruelmente, tudo o que ele havia conquistado, até se evaporar o último pingo de dignidade. Minha mãe comentava que Mayer Guinzburg aparecia vez que outra no Bom Fim e que o aspecto não era dos melhores, "castigo por ter desgraçado a família". Eu mesma pude vê-lo, certa feita, na Filipe Camarão: algo, que não era o tempo, havia sulcado e transformara seus traços. Condoí-me, porque ele sequer respondeu ao meu chamado, cabeça baixa, as mãos nos bolsos das calças puídas. A imagem permaneceu em mim; porém, com o movimento dos dias, dos meses e dos anos — o tempo, o implacável —, o Capitão voltou a seu lugar, pertencendo, mais uma vez, à esfera das recordações.

Essa não é a minha história, mas as histórias dos seres sobre o planeta se repetem e se confundem, principalmente as histórias dos judeus do Bom Fim. Meu pai queria que eu casasse com um judeu ("bom") e que lhe desse netos ("muitos"). Eu queria ser médica. Queria porque queria. Tal quimera pesou no bolso do pai mas passou a animá-lo a idéia de ter uma doutora na família. Ele não se arrependeu; cheguei a ser, até, a oradora da minha turma de formandos. No tal discurso, conclamei meus companheiros à construção de uma nova sociedade, nós seríamos os pioneiros. Ovacionaram-me. Depois, durante a festa no Círculo Social Israelita, ainda me comovia o estrépito das palmas. Aplausos, aplausos.

Respiração boca a boca. Vem mais gente, a correria conhecida, já quatro ou cinco pessoas trabalham sobre o corpo inanimado. De repente, a maca põe-se em movimento. O médico perde o equilíbrio e cai. Os homenzinhos aplaudem, clape-clape miúdo. Parar, olhar dos dois lados, direita, esquerda, e só então atravessar.

A maca desaparece no fundo do corredor escuro; nela, o homem flutua imóvel, meio afogado.

Aquilo que não principia nem acaba

Afirmar que é verídico é, agora, uma convenção de todo relato fantástico; o meu, no entanto, é verídico.

Jorge Luis Borges

Era manhã de Purim.[1] Na sinagoga repleta, entoava-se o *Livro de Ester*. À menção do nome de Haman, as crianças agitavam energicamente as *graguers*,[2] sacudiam com potência os chocalhos, apupos, gritos, assobios. Por vezes, a barulheira era tão ensurdecedora que o menino zonzeava, invadido por uma náusea muito grande e muito intensa, um gosto adocicado vindo do estômago,

---

[1]*Purim*: Festa que comemora a salvação dos judeus da Pérsia do extermínio forjado por Haman, o primeiro-ministro do rei Assuero, graças à mediação da rainha Ester. É considerado o carnaval judaico.
[2]*Graguer*: Espécie de matraca.

arranhando a garganta, infiltrando-se pelas narinas, a massa de sons acachapante e furiosa já abafada e longínqua. No meio de um desses enjôos, imaginou Haman pendurado pelo pescoço, cabeça tombada e inerte, a língua pendendo da boca, os olhos esbugalhados de ver a morte. Estava lá a imagem, e, de susto e indisposição, apertou os dedos da mãe, apertou muito; ela, entendendo o filho, abraçou-o, pronto, pronto, Haman estava morto, *baruch HaShem.*[3] O menino repetiu as palavras de conforto e, escorando-se no peito vasto e fofo, adormeceu de cansaço.

Só acordou quando sentiu que lhe tracionavam o braço e um griteiro desordenava as gentes. O *chazan*, agarrado aos livros, berrava que se fossem, depressa, depressa, os demônios atearam fogo ao gueto. A mãe puxava o menino, e ele a seguia quase de arrasto: pendulava o corpo, batia-se nos bancos e nas outras pessoas. Preferiria caminhar, chegou a pedir, mas a súplica sumiu-se na azáfama da sinagoga. Resolveu colocar-se de pé e, ao fazê-lo, tropeçou e bateu com os joelhos no chão num tuc seco: dor aguda. Antes que pudesse chorar, içado que ainda estava pelo braço, viu, no piso, uma *gra-guer*. Agarrou-se ao cabo da matraca com a mão livre; agora era sua, e a dor foi embora. A mãe, repassada de

[3]*Baruch HaShem:* "Bendito seja o Nome" (de Deus).

pânico, colheu-o e, já na rua, tendo o filho junto ao peito, correu para os portões do bairro. Por cima do ombro protetor, aos trancos, o pequeno acompanhava a miséria: gases negros manchavam a claridade do céu, o luto enovelava-se em robustas espirais de fumo ardido. As mulheres, mãos na cabeça, pranteavam seus ói-ói-ói, as crianças berravam no meio da fuligem, alguns homens, estorvando-se, ainda com os xales de reza, jogavam baldes de água nas casas. Um velho, olhos cerrados, repetia incessantemente o *Shema Israel*.[4] O menino, ao ouvir a prece de devoção, agarrou-se à mãe, envolvendo-lhe o tronco com as pernas, os braços firmes em volta do pescoço, os dedos tesos prendendo o instrumento. O trote dificultoso fazia com que as hastezinhas percutissem a matraca.

Foi quando percebeu um homem que se movia com vagar, as mãos enfiadas nos bolsos do sobretudo cinza. O passo era tão lento como se o estranho desconhecesse aquele inferno em vida que se instalava. Olharam-se os dois, e o menino viu um par de brandos olhos azuis. O homem devolveu-lhe um sorriso. O menino agitou a matraca, num aceno de adeus. Despedia-se da única pessoa que podia sorrir naquele momento.

---

[4]*Shema Israel*: Oração que reafirma a crença na unicidade de Deus.

Chamavam-no Shmil. Poderia, naquela cidade, ser chamado Samuel. Poderia, mas nunca o desejou. Morava ali fazia anos, muitos, o bastante para que as lembranças, baralhadas, não o atucanassem mais como nos primeiros tempos. O que tinha por casa não passava de um quarto muito escuro e muito úmido, as nódoas nas paredes acumulando-se e sobrepondo-se, irregulares bosquejos penosamente visíveis à luz da lâmpada que pendia do teto, no meio inexato da peça. Tanto se lhe dava o bafio grosso e acre; já não o percebia e, mesmo que atentasse aos cheiros cavernosos, o par de folhas da janela permanecia selado. A claridade das manhãs não o visitava, portanto: despertava sempre e todos os dias por obras do hábito, pouco se importando com as oscilações do clima e das horas. Levantava-se, procurava as chinelas embaixo da cama e, ainda no escuro, enchia o urinol numa algaravia cristalina, para depois lavar o rosto na bacia esmaltada sobre a cômoda. Tenteando, alcançava as roupas, metia-se dentro delas e, com o olhar fixo em algum ponto indistinguível, ajeitava o cabelo com os dedos. Só então acendia a luz, quando já estava vestido e, de alguma maneira, penteado. Dava de mão no molho de chaves que sempre deixava junto ao lavatório. Antes de sair, sem nem olhar para o lio que se engendrara com o tempo e o descaso, acariciava a *mezuzá*[5] pregada à ombreira da porta, beijando, depois, a polpa dos próprios dedos, os olhos cerrados de fé ardorosa. Voltava a desligar a luz, e a cama e o urinol e a cômoda e a bacia e a sujeira e o mofo e tudo de novo se desmanchava na escuridão densa e persistente.

Um pequeno corredor, atulhado de caixas e mais caixas, dava passo para a parte fronteira da casa. Seguia-o sem hesitações, na sabedoria da repetição infinita. Por fim, chegava — uma centena de prateleiras e, nelas, uma miríade de vasos, cálices, sifões, talheres, castiçais, maçanetas, louças, estatuetas, pesos de papel e alguns outros objetos cuja utilidade bem deveria restar um mistério até aqueles dias. Girava a chave maior na fechadura, descerrando as portas da loja que se abriam em duas lâminas estreitas. Os olhos, piscos, observavam o eterno deserto da rua àquela hora. Contornava o balcão e abria a gaveta do caixa; guardava o chaveiro junto à única coisa dentre aquelas tantas que merecia a deferência extasiada: uma velha *graguer*. Passava os dedos com suavidade pela prancheta de madeira lustrosa, agitava, delicado, as tabuinhas presas ao eixo principal do instrumento. Algumas vezes, alçando-a pelo cabo, movia-a de lado a outro, girando o pulso com energia, e o

---

[5]*Mezuzá*: Pequena caixa tubular, colocada nos umbrais das portas dos lares judeus, que contém um pergaminho no qual estão inscritas passagens do *Deuteronômio*.

tlec-tlec dos elementos emprestava-lhe um sorriso rápido e, talvez por isso, ainda mais triste. Lembranças, e voltava a guardar a matraca dentro da gaveta. Depois, atravessava a rua e pedia café com pão tostado no bar em frente. Comia devagar, olhos presos na loja vazia, cuidando a ver se algum freguês entrava. Nunca ninguém aparecia, as horas da manhã eram sempre baldas e preguiçosas, e a única movimentação era a do carroceiro que recolhia o lixo das casas. Mesmo assim, sempre limpava a barba, acendia um cigarro e apressava-se ao cruzar a rua. Hora de trabalhar, o antiquário estava aberto.

Era um daqueles dias iguais a si mesmos. Dois ou três fregueses estiveram em busca de copos e talheres desparceirados e de algumas outras porcarias. Shmil preparava-se para fechar quando um desconhecido entrou: um homem alto, de traços malconformados; todo o seu aspecto era de uma pobreza decorosa. Estava de cinza e trazia uma valise igualmente cinza na mão. Pelo acento da fala, era, também, um estrangeiro. Vendia bíblias. Shmil disse que não se interessava. O homem manteve-se firme, não vendia apenas bíblias:

— Tenho comigo um livro sagrado.

Shmil amuou-se com a insistência. O estrangeiro, no entanto, abriu a valise e deixou um livro sobre o balcão. Era um volume in-oitavo, encadernado em pano, e Shmil pôde sentir-lhe o peso inusitado ao tomá-lo, movido pela curiosidade. A brochura, que parecia gasta e de pobre tipografia, estava impressa em duas colunas, como uma bíblia; o texto era miúdo e disposto em versículos; no ângulo superior das páginas, havia cifras arábicas, em seqüência estranhamente desordenada: tomando ao acaso viu que o dorso da página 1.025 tinha a numeração 999. Ali, nessa última, ademais da exótica seqüência, havia uma âncora feita à pena, como pela maljeitosa mão de um menino. Foi então que o estrangeiro disse:

— Olhe bem esta âncora. Já não a verá nunca mais.

Havia uma ameaça na afirmação, mas não na voz. Shmil fixou-se no lugar e fechou o volume. Imediatamente voltou a abri-lo. Em vão buscou a figura da âncora, folha por folha. Que classe de coisa era aquela?, perguntou, hesitante. Sem responder, o homem pediu que Shmil procurasse a primeira folha. Obedecendo, apoiou a mão esquerda sobre a portada e abriu com o dedo polegar quase pegado ao indicador. Tudo foi inútil: sempre se interpunham várias folhas entre a portada e a mão, como se brotassem do próprio livro. O estrangeiro falou calmamente:

— Agora procure o final.

Shmil também fracassou. Apenas conseguiu balbuciar que uma coisa daquelas não podia ser.

— Não pode ser mas é — afirmou com voz dura o vendedor de bíblias. — É o Livro de Areia. Ele é infinito. Nem o livro nem a areia têm princípio nem fim.

Shmil continuava plantado, imóvel e boquiaberto. O homem continuou:

— Troco o livro pela matraca que está ali dentro — e apontou para a gaveta da caixa.

A primeira reação foi de ainda mais assombro: como podia ser que o outro soubesse da *graguer*? O vendedor não respondeu; os olhos azuis miravam-no com veemência insuportável. Shmil teve o sentimento de que aqueles olhos eram familiares e, para espantar a extravagante idéia, abriu de novo o exemplar, dessa vez procurando imprimir maior astúcia aos dedos. Novamente não conseguiu encontrar a primeira folha. O estrangeiro sorriu:

— O número de páginas deste livro é exatamente infinito. Nenhuma é a primeira, nenhuma é a última. Não sei por que estão numeradas desta forma arbitrária. Talvez para dar a entender que os termos de uma série infinita admitem qualquer número. — E dando um breve passo adiante: — Troco pela *graguer* que está nessa gaveta.

Shmil tentou uma frágil barganha: ofereceu ao estrangeiro servir-se do que bem entendesse do estoque exposto no antiquário. A resposta foi negativa e terminante. O judeu, num fundo suspiro, deu a volta no balcão e abriu a gaveta. Tirou a *graguer*, olhou-a entre lástima e alívio e entregou-a ao estranho. As tabuinhas alvoroçaram-se em despedida e logo depois foram depositadas no interior da valise cinza. O homem saiu sem olhar para os lados nem para trás.

Naquela noite, Shmil não dormiu, e a luz permaneceu acesa. Folheava ao acaso o Livro de Areia, tentando compreender o embuste. Ao contrário de suas expectativas, as páginas ofereciam renovadas surpresas, uma depois da outra. Do que pôde identificar, encontrou partes inteiras da *Meguilah*, a imagem de Haman enforcado — a cabeça tombada e inerte, a língua pendendo da boca, os olhos esbugalhados de ver a morte —, a íntegra do *Shema*, e trechos do *Kadish* dos Órfãos; de resto, textos escritos em línguas estranhas, cuja compreensão escapava-lhe como matéria informe entre os dedos. Quase desesperado, examinou com uma lupa a lombada gasta e as capas e rechaçou, por definitivo, a possibilidade de algum artifício. Quando já deveria ser manhã, ele não levantou. Via-se invadido por uma náusea muito grande e muito intensa, um gosto adocicado vindo do estômago, arranhando a garganta, infiltrando-se pelas narinas; sem que distinguisse de onde provinha, escutava uma massa de sons abafados e longínquos. Adormeceu, exausto, sonhando com a maciez extinta do peito da mãe, com o barulho impreciso e com o livro extraordinário.

Dias se passaram, muitos e vários. Shmil não saía de sua peça, não abria o antiquário, não comia, não bebia, obcecado com os mistérios infinitos e movediços. Tinha noção de que o livro era monstruoso e considerou-se ele mesmo monstruoso, uma vez que o percebia com os olhos e o apalpava com a humanidade de dez dedos cheios de unhas. Deu-se conta de que o volume era uma coisa obscena que infamava e corrompia a realidade. Tinha ciência que não voltaria a ver o que já havia visto e pensou em queimar o livro, mas temeu que a combustão fosse também infinita e sufocasse o planeta de fumaça.

Foi quando, enfim, avistou entre as páginas incríveis a gravura de uma *graguer*. Deteve-se, espalmando a mão sobre o desenho. O contato com a textura delicada do papel provocou-lhe uma vaga de prazer, as polpas acariciaram o desenho com enlevo de amante. A matraca era justamente igual à que dera ao estranho. *Baruch HaShem*, sussurrou, e tomado de emoção, arrancou a folha, destacando-a com um forte, mas terno, tranco. Páginas e páginas brotaram do livro, igual ao sangue que acorre a uma ferida. No entanto, ali estava o desenho, trêmulo como as mãos que o continham, apartado, para sempre, da impossibilidade.

Calmamente, como quem dissolve uma angústia, Shmil foi até a janela e abriu-a. Debruçou-se sobre o peitoril e aspirou grande volume de ar. A claridade animava-lhe o rosto, entrando peça adentro, colorindo tudo o que até então restara baço e descorado. Voltando para dentro do quarto, dobrou em quatro a folha, metendo-a no bolso da camisa. Pegou o livro, as chaves de sobre a cômoda, deteve-se para reverenciar a mezuzá à entrada da peça e caminhou até a frente da casa. Descerrou as folhas da porta e, ao avistar a carroça do lixeiro que passava, apressou-se a jogar a brochura no monturo acumulado no tonel do vizinho. Retornou à loja, contornou o balcão e, ao guardar as chaves na gaveta do caixa, depositou ali ao lado, com todo o cuidado, o papel dobrado.

Atravessou a rua, saudou o dono do café, pediu a refeição de hábito e, comendo com gula, olhos luzidios, avistou o primeiro cliente que entrava no antiquário.

A gramática dos erros

A casa estava um asseio só, finalmente silenciosa e arrumada, cada coisa em seu lugar, mesmo que, naquela manhã, mais uma vez, a senhora da limpeza houvesse tentado subverter a prezadíssima organização das minhas coisas, em especial aquela dos animaizinhos de louça na cristaleira que fica na sala, ao lado da mesa de jantar. Como de praxe e de hábito, não dei ouvidos às fofocas da vizinhança que ela sempre me trazia, dessa vez com variante nova — a menina que morava ali por perto, a vadiazinha loura aquela, estava de namorado novo, eu já tinha visto? Não, não tinha visto, não queria ver — a idade fez com que recrudescesse em mim o desdém pelas aventuras amorosas. Despachei-a, sem repreendê-la ou comentar o fato de que muito me desgostava o leva-e-traz das bisbilhotices e seu atrapalhado sentido estético.

A campainha soou quando me instalava na poltrona junto à janela para a leitura. Impacientei-me; velhos impacientam-se quando seus rituais são interrompidos. Abri a porta e vi: um rapaz ao lado de um senhor, a mão do pai pousada, com carinhosa autoridade, no ombro do filho. Não me lembrava do moço, tantos havia pela redondeza. Lembrava-me, vagamente, do homem, morava ali por perto, não no mesmo prédio, mas na mesma rua, na casa da volta da esquina, se não me enganava. Ele sorriu, desculpando-se por incomodar. Incômodo algum, menti, tentando retribuir a consideração, e perguntei se desejavam alguma coisa. Como quem se prepara para grande empreendimento, o senhor inspirou gravemente:

— Meu filho, Eugênio, ele precisa de aulas particulares.

Ora, desde que me aposentara, e lá se iam muitos e muitos anos, havia decidido nunca mais ensinar nada a ninguém. Nem à senhora da limpeza me agradava instruir como gostava de meus enfeitezinhos. Nunca mais, eu havia jurado a mim mesma, e foi o que repeti. O homem não se deu por vencido. Disse que Eugênio aprendia rápido, perdera muitas aulas, era esforçado, os exames se avizinhavam, já haviam conseguido professores de outras matérias, Português era uma dificuldade quem pudesse ensinar, eu era a pessoa certa para ajudá-lo, consideravam-me muito no bairro, professora de centenas de vizinhos, afinal. Uma falação, e eu sequer me dei o trabalho de perguntar por que, afinal, o moço tivera tantas faltas.

Eugênio, enquanto o pai seguia no desastrado rol de lisonjas e persuasões, manteve a cabeça baixa. Os cabelos eram muito lisos e muito negros; as duas mãos, unidas pelas pontas dos dedos, tinham dorsos claros e, mesmo assim, vigorosos. Trajava camisa azul e calças escuras. Um rapaz limpo, se tivesse, naquele momento, de defini-lo — a limpeza sempre uma virtude. Que idade teria? Seus quinze, dezesseis anos? Desejei ver-lhe melhor a figura, e ele, como que adivinhando minha vontade, levantou o queixo, mostrando-me um rosto de traços precisos, onde um par de olhos verdes, ligeiramente oblíquos, inquietava os pudores da timidez. Belos, belos olhos; talvez me lembrassem outros olhos. Talvez. Algo é indiscutível, e tenho de confessar: um sentimento tépido tomou conta de mim.

Quem sabe, pensei mais tarde, quem sabe me tivesse movido o fato de que a mãe morrera havia pouco, derradeiro argumento usado; o pudor de ocultar até o último instante a desdita, mesmo que em meio àquela miserável adulação, fez com que, de repente, eu simpatizasse com o homem. A verdade é que, quando dei por mim, movida sabe-se lá por quais circunstâncias, perguntava qual era a matéria, acertava que as aulas aconteceriam nas tardes de segundas, quartas e sextas, pelo espaço de uma hora, pagamento ao fim de cada classe. O pai faltou beijar-me de tamanha gratidão; o rapaz limitou-se a baixar a cabeça, o que me contrariou além do que eu podia esperar. Indaguei se moravam na casa da volta da esquina, conforme eu presumira quando os atendi. Confirmaram-me, e gracejei: velha eu estava, mas não a ponto de desconhecer quem eram meus vizinhos, ora essa. O homem riu e apertou-me a mão para despedir-se. Eugênio repetiu o gesto do pai: seus dedos estavam frios, o rosto incendiava-se de rubores, os olhos adquiriram um brilho estelar. Ao voltar para a minha poltrona, concluí que a idade havia feito de mim uma mulher de coração mole.

Dois dias depois, na sexta-feira, à hora combinada para a primeira aula, a campainha soou. Antes de abrir a porta, desgostei-me com minha imagem projetada no espelho que cobria o fundo da cristaleira. Lembro-me bem de tal fato porque, se para as mulheres em geral é ato quase instintivo olhar-se em qualquer superfície que lhes possa devolver o reflexo, havia muito que me esquivava dessas fantasias — considerando que rugas são feridas capazes de aniquilar qualquer ilusão. Não dei, ao menos naquele momento, a importância devida ao fato e abri a porta. Eugênio trazia um estojo, um caderno e livros de estudo. Olhou-me incisivamente:

— Boa tarde, como vai a senhora?

Eu sempre fizera questão de que meus alunos me tratassem por senhoria, me parecia civilizado e distinto. Naquele momento, porém, havia algo tenso e desagradável no tratamento cerimonioso: na boca de Eugênio o respeito era gêmeo da ironia. Não, aquilo era impressão, só podia ser, convenci-me, e comandei que entrasse. Pediu licença e obedeceu. Enquanto passava por mim, dediquei-me a observá-lo. Pareceu-me mais alto do que a princípio. Bastante mais alto. Também me figurou ser mais robusto e de constituição mais firme. O rosto, que em nosso primeiro encontro era quase feminil de tão delicado — apesar de os olhos manterem-se esplendorosamente verdes e belos —, adquirira traços marcados e viris. Creditei a mudança ao pulôver escuro de lã e aos cabelos que, agora, estavam cortados à maneira militar. Segui-o pelo corredor, orientando os passos vacilantes. Acomodei-o numa das cadeiras da sala de jantar. Ofereci-lhe chá, que ele recusou com polidez. E biscoitos? Mais uma vez ele declinou da oferta:

— Não, senhora, obrigado.

De imediato, fiz o que meu instinto dizia ser o mais adequado: pedi-lhe que me tratasse pelo nome, pura e simplesmente, essas coisas de senhoria me faziam sentir mais velha do que eu era. Eugênio desculpou-se e olhou para o relógio de pulso, ostentando um ar impaciente, o que, de certa maneira, me agradou: o rapaz queria, afinal, trabalhar.

Segundo meus planos, naquele primeiro encontro, deveria averiguar o que meu novo pupilo já sabia. Acomodei-me a seu lado, tomei-lhe os livros e perguntei questões banais sobre análise sintática. Foi-me respondendo aos poucos, mas hesitou nas orações subordinadas. A mãe adoecera justo no período daquela lição, explicou, e seus olhos tornaram-se ainda mais bonitos com a pontada aguda de tristeza. Tive pena e uma vontade boa de estreitá-lo, muito e muito, contra o peito. Ele empertigou-se na cadeira, fingindo ajeitar a folha do caderno.

Fui adiante com a aula, fazendo-lhe uma longa lista de conjunções subordinativas, explicando as particularidades de cada uma delas. Eugênio seguia a aula com atenção redobrada, interrompendo-me, de quando em quando, para alguma pergunta. Ao fim de um período de tempo razoável, propus que resolvesse uns exercícios. Entregou-se ao trabalho, e, observando-o, tive para mim que ele se preocupava menos com a beleza e com a rapidez do que com a perfeição: apontava com método o lápis, apagava e voltava a refazer algumas respostas, detinha-se em algumas frases, afastava-se, compenetrado, observando o papel à distância, voltando sempre ao mesmo gesto de apoiar a testa no polegar e no indicador. Não me olhou uma vez sequer durante aquele tempo, e era como se eu estivesse ausente, fato que me gerou um sentimento desolador de abandono.

A primeira hora de aula esgotou-se rapidamente. Aliás, foi Eugênio a dar-se conta de tal fato. Por mim, teria seguido um pouco mais, cheguei a dizer-lhe, mostrando que, pelo meu relógio, ainda tínhamos mais alguns minutos de estudo. Ele, porém, alegando outro compromisso, pagou-me, recolheu suas coisas e encaminhou-se para a porta. Apertou-me a mão num gesto decidido e, correndo, quase voando, desceu pelas escadas. Desejei-lhe uma boa tarde — um boa-tarde para o nada — e entrei.

A senhora da limpeza veio no sábado, muito cedo pela manhã. Varreu, espanou, encerou, lustrou. Tentou, também, mais uma vez, propor-me uma charada com relação aos afetos da vizinhança, algo a ver com os namoricos daquela lourinha vadia que, nos últimos tempos, passava as tardes encostada no muro do meu edifício. Não me interessavam as fugidias relações que a juventude impunha e, portanto, não me dizia respeito com quem a menina se deitava, disse-lhe rispidamente enquanto ela esfregava com ardor a flanela nas vidraças. Amuou-se e continuou o trabalho cantando de si para si alguma música bem pouco valiosa, desconhecendo, decerto, que o silêncio é de ouro.

Depois de despachá-la, aspirei o bendito perfume dos óleos com que ela tratara as madeiras. No entanto, o aroma não me serviu de lenitivo. Passei o resto da tarde debruçada sobre minhas gramáticas. À tardinha, quando saí para comprar pão no mercado justo em frente, vi a tal lourinha escorada contra o muro. Boca e seios muito carnudos, oferecendo-se. Pouca vergonha.

No domingo, decidi-me a tirar o pó que se acumulara nos livros — a senhora da limpeza mantinha-se longe deles por ordem minha — e, ao sair para comprar leite, aproveitei para dar uma passada pela casa de meu aluno. Fechada.

A segunda-feira amanheceu cinza e fria. Apesar de me doerem as costas, fui de novo ao mercado, comprei carne, arroz, verduras e, na confeitaria ao lado, um quarto de quilo de biscoitos de canela. Na volta à casa, cruzei outra vez pela mocinha. Ela fez menção de cumprimentar-me, mas virei o rosto àquela indecência. Subi, guardei as compras, fiz o almoço, troquei de roupa e esperei meu pupilo.

Eugênio chegou pontualmente às duas horas, cabelos ainda úmidos do banho, recendendo a sabonete. Vestia calças cor de chumbo, camisa alvíssima abotoada até o pescoço e um casaco de lã em ponto inglês. Nada da cerimoniosa deferência da primeira aula, apenas um breve e juvenil olá. Entrou e seguiu caminhando pelo corredor que ia dar na sala, com a segurança de quem conhece onde pisa. Largou os livros sobre a mesa e parou-se em frente à cristaleira, analisando-a, mãos nos bolsos das calças, costas levemente arqueadas, a pose da curiosidade. Bonito móvel, comentou. Agradeci, disse que estava na família havia muitos anos. E esses bichinhos de louça?, interpelou. Ah, era uma coleção antiga, alguns eu mesma comprara, outros me foram presenteados por parentes, velho coleciona coisas. Ele voltou o corpo em minha direção, os olhos feito dois luzeiros de impossível intensidade, e repreendeu-me:

— Mas você não é velha.

Suspirei longamente: não era moça já fazia tempo, e quem não é moça é velha, mas de qualquer forma ele era muito gentil. Eugênio não respondeu. Caminhou até a mesa de jantar e, sem mais aviso, pediu algumas explicações sobre pronomes relativos. Aquelas considerações sobre a idade abalaram-me; alegrei-me, no entanto, com seu interesse e com a chance de mudar os rumos da conversa. Antes de começar a aula propriamente dita, ofereci-lhe chá, que ele aceitou. Declinou dos biscoitos de canela. Sentei-me a seu lado e comecei a enumerar: que, quem, qual, cujo, onde, como, quando, explicando-lhe o que eram termos antecedentes e conseqüentes.

A princípio, Eugênio curvou-se sobre a mesa, interessadíssimo; aos poucos, entretanto, o olhar perdeu o encanto, tornou-se vago, distante, como o de um cego. Chamei-lhe a atenção, com energia que até a mim surpreendeu. Ele, flagrado em falta, desceu das nuvens onde estava e acompanhou o resto da lição.

Faltando cinco minutos para o término da aula, disse-me que precisava ir. Pedi-lhe, por favor, que ficasse mais um pouco. Ele, porém, alegando outro compromisso, pagou-me, recolheu seu material, deu de mão no casaco que descansava no espaldar da cadeira e encaminhou-se para a porta. Antes que ele partisse, recomendei que se abrigasse, fazia frio. Ele virou o rosto, a expressão iluminada:

— Sabe, às vezes você se parece muito com minha mãe.

Não soube o que responder. Ele veio até mim, beijou-me o rosto e correndo, quase voando, desceu pelas escadas. Desejei-lhe uma boa tarde — um boa-tarde para o nada — e entrei.

Observei por longo tempo a xícara onde servira chá a Eugênio. Boa porcelana, delgada como casca de ovo, mimosa com suas pinturas de motivos florais. As minhas coisas eram antigas, todas elas: os móveis, a louça, os talheres. Minha história podia ser contada através daquilo que me pertencia, foi o que me ocorreu naquela hora; a cristaleira, por exemplo, relatava um passado austero e sólido. Afundei na poltrona ao lado da janela e aspirei o discreto perfume que ainda restava na sala. Naquela tarde, pensando em Eugênio e em quem, afinal das contas, ele me fazia lembrar, comi, sozinha, todo o pacote de biscoitos.

Na quarta-feira, a senhora da limpeza chegou perto das oito horas. Atendi-a estremunhada, meio zonza de sono. Espantou-se que eu dormia até tão tarde, será que eu não estava doente? Apenas insônia, tranqüilizei-a; velhos têm insônia. Ela não se convenceu mas, mesmo assim, tratou de pôr mãos à obra, como é que tanta poeira podia se acumular em tão pouco tempo, falando nisso, será que eu não queria mesmo saber quem era o namorado da lourinha vadia da vizinhança? Fiz pouquíssimo caso de sua ansiedade em me contar as novas — já velhas — do bairro e fui, desgostosa, mudar de roupa. Baldes e espanadores em uso, achei que era melhor ir às compras. Reabasteci-me de biscoitos de canela e de alguns pacotes de chá. Na volta, ali estava a zinha, encostada no muro, mas aquilo já passava dos limites. Subi, preparei um rápido almoço e um creme de abacate com limão e açúcar. Depois, tranquei-me no quarto, longe daquela balbúrdia que sempre se instalava nos dias de faxina. Doíam-me um pouco as costas.

Despachei a senhora perto do meio-dia. Esperei por Eugênio em sua terceira aula.

Duas horas, e nada de meu pupilo. Duas e cinco. Duas e dez, afrontoso atraso, a campainha soou. Fiz com que Eugênio entrasse e, mesmo contrariada, não pedi maiores explicações. Tampouco ele falou sobre o assunto, como se nada fosse. Tentei convencer-me de que avançávamos na matéria com facilidade, isso o mais importante, e se ele se atrasava, motivos haveria de ter, claro que sim. Aceitou o chá, biscoitos, até o cremezinho de abacate, os moços têm fome, afinal.

A aula seguiu sem maiores contratempos. Dediquei-me à revisão das orações subordinadas, algo para se saber na ponta da língua. Oração subordinada substantiva subjetiva, oração subordinada substantiva predicativa, oração subordinada substantiva objetiva direta, indireta, completiva nominal, apositiva, ele se lembrava de tudo, tudo reconhecia e nomeava como um gramático macróbio e, melhor de tudo, como se tivesse imenso afeto pela disciplina. Bom, bom, eu o elogiava, satisfeita e, claro, agora me dou conta, sinceramente enternecida.

Às três em ponto, quando não havíamos ainda esgotado a extensa matéria que nos cabia cobrir, Eugênio fez menção de ir-se. Ah, não, detive-o, lembrando que havia muito a estudar e que ele se atrasara. Um pouco talvez se tenha envergonhado; talvez um pouco, nunca o suficiente para demovê-lo daquela urgência louca de ir-se. Caminhei atrás dele até a porta. Outra vez beijou-me o rosto e voou pelas escadas.

Na tarde da quarta aula, esperei e esperei. Quando a campainha soou, o atraso era de vinte minutos. Lá estava ele, sorridente, o rosto vermelho de tão afogueado, a camisa descomposta, os olhos espertos, o casaco sobre os ombros, um jeito escandaloso de contentamento. Quis saber dele o que se passava, como ele se havia atrasado tanto? Nada, nada de mais, desculpou-se, misterioso, fazendo uma mesura ridícula — e foi entrando sem cerimônia, o dono do mundo. Dessa vez, não lhe ofereci chá ou biscoitos, não havia tempo a perder. Ele apontou os lápis e tentou, em vão, consertar as folhas do caderno que, sabia-se lá por quê, estavam amassadas. Decerto notando minha impaciência com aquelas firulas e rodeios, aprumou-se com um suspiro.

Decidi fazer o que me competia e iniciei a lição. Eu falava, me escutava falando, sujeito constituído por pronomes pessoais, sujeito ligado por série aditiva, eu estava indo rápido demais, ele estava me seguindo? Sim, sim, respondeu-me, não se preocupe, eu posso acompanhar. No entanto, sua respiração estava muito alterada, muito rápida, quase superficial, como se o ar do mundo não fosse suficiente para pulmões tão ávidos. Resolvi testá-lo, fazendo, de chofre, uma pergunta, uma reles pergunta: se o sujeito é constituído por diferentes pronomes pessoais, dentre eles o *eu* ou o *nós*, qual a pessoa verbal adequada?

Eugênio me olhou, perplexo, como se eu houvesse dito alguma barbaridade. Encolerizei-me, então ele não sabia a resposta? Sim, ele sabia, precisava de tempo para pensar, só um pouquinho, eu podia repetir a pergunta? Com toda a boa vontade que consegui reunir, propus-lhe outra vez a questão. Ele pensou e pensou, passou os dedos nos cabelos, o rosto num vermelhaço de desespero, as pálpebras espremidas, a boca contraída como num espasmo. Dando fim àquela tragédia, confessou que não conseguia concentrar-se, eu que o perdoasse, tinha de ir embora. Tentei impedi-lo, sem sucesso. Reuniu o material; pôs-se de pé, afastando com demasiado ruído a cadeira, e colocou o casaco.

Antes de descer as escadas como era de seu feitio, perguntou-me se eu sabia guardar segredos. Segredos?, estranhei; o que era, afinal? Ele ergueu os olhos, abraçou com enlevo caderno e livros e, em êxtase, revelou-me:

— Estou apaixonado.

Recebi um ligeiro beijo no rosto. O rapaz precipitou-se, muito provavelmente incentivado pelos hormônios, escada abaixo. O canto da corte, a dança do acasalamento, o princípio de todas as coisas chamava por ele.

Fiquei ali, rosto colado à madeira da porta. Apaixonado, Eugênio estava apaixonado. Os jovens e os velhos apaixonam-se depressa — os jovens porque viveram muito pouco, e os velhos porque muito pouco ainda viverão. Quem sabe por causa dessa repentina certeza, fraquejavam-me os joelhos, um mal-estar me assolava, misturavam-se sensações de frio, de irrealidade e de temor. Entrei e sentei-me na poltrona, revendo na silhueta densa da cristaleira as coisas acontecidas. Tive imensa vontade de já estar no dia seguinte. Naquela noite, fui para a cama sem comer e obriguei-me, inutilmente, a dormir.

As primeiras luzes do dia nem bem começaram a definir o retângulo da janela e meu plano já estava quase perfeito. De alguma maneira, podia vislumbrar o que havia sido e o que seria de mim dali por diante. Sobretudo, lembrei-me. De tudo e de todos.

Quando a senhora da limpeza chegou, pedi que fosse à casa de Eugênio, aquele meu aluno, fizesse o favor de avisar que eu não seguiria com as aulas, queria anotar o endereço? Ela fez que não com a cabeça, conhecia o rapaz, sabia onde ele e o pai moravam, era mesmo ali perto, na volta da esquina. Estranhei que soubesse de tanta coisa, nunca se haviam encontrado em minha casa. Num impulso, quis perguntar-lhe quem, afinal, a lourinha da vizinhança estava namorando. Mas foi só isso mesmo, impulso, pequeno arrebatamento de curiosidade. Nada mais.

Este livro foi composto na tipologia Minion,
em corpo 12,5/17, e impresso em papel
off-white 90g/m², no Sistema Cameron da
Divisão Gráfica da Distribuidora Record.